かこい
絶望の処女監獄島
ERROR 原作
高橋恒星 著
渡瀬薫 原画
PARADIGM NOVELS 199

# 登場人物

**鷺沢《さぎさわ》 志郎《しろう》**　漂着船の調査にきた警視。

**黒田《くろだ》 剣治《けんじ》**　剣聖会のトップで、冷酷。

**鈴森《すずもり》 比呂《ひろ》**

芸術大学写真科の学生。輪姦されて自殺したさゆりの恋人だった。ヤケになっていたのを黒田に拾われる。

## target

**杉本《すぎもと》 恵《めぐみ》**　比呂と同じ大学の学生で、ひそかな好意を抱いている。

**倉田《くらた》 楓《かえで》**　比呂よりも早くから島にいる。人見知りせず、明るい。

**相川《あいかわ》 千砂《ちずな》**　クールで謎めいている。ある目的があって島にきた。

**竹内《たけうち》 美樹《みき》**　みんなの身の回りの世話をしている。純朴な少女。

**木下《きのした》 さゆり**　比呂の同級生で元恋人。輪姦され自殺してしまう。

**和泉《いずみ》 麗華《れいか》**　女性たちの監視役で黒田に服従している。爆乳メイド。

第一章 楓

第二章 麗華

# 目次

# プロローグ

「いやぁああっ！　やめて……放してぇ……」

女の悲痛な叫《さけ》びと全《まった》く無意味な拒絶が、かび臭《くさ》い室内にこだまする。

ここは、昨今の不景気のせいだろうか、打ち捨てられた空き倉庫の片隅《かたすみ》。

窓は存在するが、今は閉ざされているその場所を照らすのは、裸電球が一つ。

その光がぼんやりと薄暗い室内に浮かびあがらせるのは、三人の男たちに服を無惨に引き裂かれた、女の白い肌だ。

本来はシミ一つない女の綺麗《きれい》な肌が、床に蓄積《ちくせき》されたホコリに汚れ、加えて男たちの手荒な扱いのせいでところどころ赤く腫《は》れていて痛々しい。

そして、本来は勝気で周囲の男友達を振り回すタイプであろう女の端整な顔立ちも、今は涙に濡《ぬ》れ、恐怖に歪《ゆが》んでいた。

それらは却《かえ》って男たちの欲望と興奮を高める。輪姦《りんかん》、

# プロローグ

レイプという行為においては。

「もう、やめて……これ以上、酷《ひど》いことしないで……助けて……」

既《すで》に叫ぶ気力もついえたのか、途切れ途切れに発せられた女のか細い声に、男たちが反応を示す。

「きっひっひっ、これ以上ってなんだよ。まだ裸にひんむいて胸をちょっと揉《も》んだだけだろーが。本番はこれからだってーの」

「そうそう。言葉通り、ホンバンだよな、これからすんのは。大体よぉ、なんのために拉致《らち》ったと思ってんだよ。カノジョぉ、頭、悪いねぇ」

「それによぉ、助けてぇ、とか言ってんけど、ドラマじゃねーんだから、ジャジャーンと正義の味方なんか……おっ、もしかしてそこにいるアイツに言ってんのか？」

男の一人の言葉が示すように、女にとって正義の味方ならぬナイトになってもいい存在はすぐ近くにいた。

女の彼氏ともいうべき存在が。

「んぐっ、ぐっ……んんんんっ！」

彼は身体《からだ》をロープで拘束《こうそく》され、床の上に転がされている。

口に猿《さる》ぐつわを噛《か》まされてはいたものの、目と耳は数メートルほど離れた場所で、今まさに犯されようとしている恋人の状況をはっきりと認識していた。

いや、男たちによって強制的に認識させられているのだ。何も手出しができない屈辱的で無力な観客という立場で。

「く～っ、プニプニして柔らけぇオッパイだねぇ、カノジョぉ。いつもアイツにモミモミしてもらってんのぉ？　俺《おれ》の超絶テクのがアイツのより気持ちいいぜぇ」

「へっ、何が超絶テクだよ。けど、彼氏に見られながら他の男に、って設定のせいでいつもより感じてるかもな。『もっと、見てぇ』とか言い出したりして。ひゃっひゃっひゃっ」

悲惨な恋人たちに向けられたその嘲笑《ちょうしょう》を合図とするかのように、男たちは女にとって最後に残された一枚、ショーツの剥《は》ぎ取りにかかった。

「ああっ！　ダ、ダメ！　やめて！　いやぁあああっ！」

「チッ、そろそろ諦《あきら》めておとなしく……ん？　この女、濡れてやがるぜ」

「おいおい、マジかよ……クンクン、って、これ、ションベンじゃねーか。汚ねぇな」

恐怖のあまりの失禁を知られたのに続き、更なる恥辱が女には待っていた。

「ほーら、ご開帳。完全無修正、モザイクなしのオ○ンコだぜ。彼氏にも特別サービスだ」

男たちは嫌がる女を押さえつけ、その恋人に見せつけるように彼女の股間《こかん》を広げた。

ご丁寧《ていねい》にも男の一人が指を使って、鮮やかな薄桃色の肉襞《にくひだ》まで露《あら》わにする。

「いやぁああ……見ないで……お願いよぉ……」

女の叫びに対して、彼は反射的に目を閉じた。しかし、耳を塞《ふさ》ぐことはできない。男たちが乱暴に秘所への愛撫《あいぶ》を始めた淫靡《いんび》な音と、それによる恋人の悲鳴が彼の耳を打つ。

「痛いっ、痛いの……いやぁ……ああっ、指が入ってくる……ダメ……ダメェエェッ！」

「おいっ、そんなにギャアギャア騒ぐなよ。俺だって好きでオシッコまみれのマ○コに指入れてるんじゃ……」

「嘘《うそ》こけ！　おめぇ、スカトロもありだって、前に言ってたじゃねーか」

「言ってた、言ってた。それによぉ、却って好都合だぜ。この女がどーしようもない不感症だった時、ションベンが愛液代わりになるって」

男たちの揶揄《やゆ》に混じっていた、セックスという現実。この先に必ず待っている悲惨な結果に気づいて、女の表情がこれまで以上に恐怖に強張《こわば》る。

そして……その時は来た。

さんざん男たちに弄《もてあそ》ばれ、その唾液《だえき》にまみれた女の体に男の一人が凶悪な肉棒をさらけ出して覆い被《かぶ》さる。

「ひっ……！　やだ、やだ、やだぁ！　それだけはやめてぇ！」

「なんだよ。前よりも後ろ、アナルの方がいいってかぁ？　せっかく少しは濡れてきたお前のオ○ンコに悪いってもんだぜ、そいつは。おい、しっかりこいつの足、押さえてろよ」

本人の意思と無縁に肉体を傷つけまいとする自己防衛本能だろうか、わずかに愛液を分泌させてきた女の秘所に、男の膨張した肉棒が突き刺さった。

その瞬間、まるで涙の如《ごと》く、女の秘所から血の雫《しずく》が流れる。

「おっ……なんだ、こいつ、処女かよ。彼氏、悪《わ》りぃな。俺が先に頂いちまってよ」

少しも「悪い」とは思っていない男の言葉。その証拠に処女を犯している状況に興奮して力任せに腰を抜き差ししている男の行動。

そして、恋人が凌辱《りょうじょく》されている現実に何もできない無力な自分に、彼は……。

「やめろ……もう、やめてくれぇ！　さゆり……さゆりぃぃぃっ！」

猿ぐつわで封じられているはずなのに、彼はそう叫んだ。

なぜならば、これは夢。現実に起きた出来事を反芻《はんすう》している夢だったのだから……。

★　★　★

夢の中における絶叫がきっかけとなって、彼は目を覚ました。

「くっ……また、あの時のことを夢に……一体、いつになったら俺は……いや、これでいいのかもしれない……今はまだ胸に焼きつけていた方が……」

年齢は二十歳前後。中肉中背。もう少し身なりに気を使えば、ファッション雑誌のモデルにしてもいいくらいの容貌《ようぼう》を有する、青年。

だが、最も印象的なのは、その瞳《ひとみ》だ。

暗く澱《よど》んでいるというか、青白い炎がちらついているというか、単に神経質や繊細《せんさい》とかでは片づけられないものがそこには存在している。

## プロローグ

彼の名は、『鈴森比呂《すずもりひろ》』。

社会的な立場で説明すると、比呂は帝都芸術大学の映像学部写真学科に属する学生だ。尤《もっと》も、ここしばらくはほとんど休学状態なのでその肩書きに意味はないが。

比呂は今、ある孤島に向かう船上、そのデッキのベンチにいた。

「……鈴森。この状況で居眠りとはある意味、頼もしいな。その調子で仕事の方もしっかりやってもらいたいものだ」

いつから側にいたのか、いきなり比呂にそう話しかけてきたのは、季節も夏だというのに、スーツからその下のカッターシャツまで全身を黒色でまとめている三十代後半の男、『黒田剣治《くろだけんじ》』だ。

「黒田さん……分かってるよ。ここまで来て、今更、逃げ出す気なんてない」

比呂は『黒田さん』とさん付けしながらも、虚勢を張るように殊更ぶっきらぼうな口調で黒田に言葉を返した。

眼鏡《めがね》の奥に潜む瞳から放たれる冷たい視線だけで他人を圧倒する雰囲気《ふんいき》を持つ、危険な男である黒田が口にした『仕事』。比呂には依頼を受けたその『仕事』をやり遂げねばならない理由があった。

「俺のような死んだ目を持つ奴《やつ》に向いてる……そう、あんたが言ってた薄汚い『仕事』だろ……やってやるさ」

「ふん……なら、いい。見えてきたぞ。あの島がそうだ」

黒田が示した先、船が本土を離れて以来、水平線しか存在していなかった進行方向に、島影が姿を現した。

まだ黒い点でしかない島を見つめながら、比呂は今は亡き女性、この世でもっとも愛《いと》しかった存在に向けて、心の中で誓う。

(さゆり……今から始めるよ。たとえ人に憎まれようとも、どんなに汚いことに手を染めようとも、俺はあの島で生まれ変わってやる。それが、さゆり、お前への……)

# 第一辱　楓の章

絶海の孤島……というほどのものではないが、定期便の運行のない太平洋上に位置する島に比呂は上陸を果たす。

(黒田の話では、元は無人島で今は個人所有の島ということだったけど……この寂れようは無人島に近いな)

比呂が降り立った船着場だけは安全上のことを考慮してかそれなりの設備だったが、あとは見渡す限り鬱蒼《うっそう》とした森が比呂の視界を支配していた。

無論、この様子では島民の盛大なお出迎えがあるはずもなく、船着場にはポツンと一人の女性が佇《たたず》んでいるだけだった。

「……黒田様、お待ちしておりました」

年の頃《ころ》は二十代後半だろう、意識せずともどこか妖艶《ようえん》な雰囲気《ふんいき》を漂わせる微笑と、油断のならない輝きを秘めた切れ長の瞳《ひとみ》の女性……と、それらの特徴よりも真っ先に比呂の目を引いたのは、彼女の突飛《とっぴ》な服装だった。

一言でいえば、西洋風のメイド服と表現したらいいのか、胸元と腰の後ろには大きなリボン、エプロンの両肩部分には派手なフリル、オマケに頭にはしっかりこれもフリル付きのカチューシャときている。

推定九十センチ以上はあるバストに代表される彼女の豊満な肉体とそのメイド服は明らかにミスマッチで、比呂はイメクラにでも迷い込んだ気分である。

「鈴森、紹介する。『和泉麗華《いずみれいか》』だ。この島を取り仕切っている。麗華、こいつが……」

「ふぅぅん……あんたが鈴森比呂、か。黒田様、このような男にちゃんと例の『仕事』ができるのでしょうか？　甚《はなは》だ心配ですわ」

黒田の紹介を受けて、麗華は値踏みするような視線に続いて比呂への不満を口にした。

麗華のメイド服に面食らったせいで無防備な表情を晒《さら》してしまったことに気づいた比呂は、慌てて全身に緊張を漲《みなぎ》らせる。麗華が黒田の配下の者だからこそ、この先のことを考えると初対面から舐《な》められてはいけない、と。

「鈴森比呂です。これからよろしくお願いします」

「ふふっ、慇懃無礼《いんぎんぶれい》を絵に描いたようなご挨拶《あいさつ》だこと。まあ、いいわ。こちらこそ、よろしく、坊や」

比呂の思惑《おもわく》に反して、麗華はもう彼のことを軽く見てしまったようだ。

麗華のその態度は、黒田の命令で比呂を島の中央、高台に位置する屋敷に案内していく間でも変わりない。黒田がいなくなって遠慮が消え、更に偉《えら》そうになっていたくらいだ。

「あんたさぁ、自分がここで何をするか知ってるのよね。まったく、黒田様もどうしてあんたみたいにボーッとしたのを……」

「『仕事』の内容は知っている。君はもっと屈強な、もしくはホストのような男を予想していたのかもしれないが、例の『仕事』には俺《おれ》みたいな方が向いてるんじゃないかな」

比呂の不敵とも受け取れる言葉に、先導していた麗華の足が止まった。

「そういえばそうかもね。あんたみたいな男の方が女たちも気を許しやすい、か。へぇ、意外と分かってるじゃないの」

再び歩みを始めた麗華は、腰まで伸びたロングヘアの枝毛を気にしている素振りを見せながら、口数が少なくなった。おそらく、今度は真の意味で比呂のことを頭の中で値踏みしているのだろう。

比呂の方はといえば、その間に周囲を観察する。

船着場近くの最初の森を抜けたあとは、草原が広がっていた。屋敷までの一本道、山道はコンクリート舗装《ほそう》こそされてはいないものの、明らかに人の手で整備されていた。

(例の『仕事』のために、ここまでしたのか？　金持ちのやることは分からないな)

そして、麗華と比呂がこれで二度目となる森にさしかかった時だ。

いきなり茂みの一つから、男がのそりと姿を見せた。

「ひっひっひ……男のお客さんかね。これは珍しいことで」

薄汚れた作業着を身に纏《まと》った、白髪の初老の男。その猫背《ねこぜ》気味な体勢は年齢のせいというよりも、何か獲物《えもの》を狙《ねら》っているような不気味なものを感じさせる。総合的な印象は、古典的なホラー映画に出てくる、雰囲気を盛り上げるための脇役《わきやく》の風情である。

男の突然の登場に辛《かろ》うじて大声を上げずにすんだだけで驚いた比呂に比べて、麗華は慣れているのか平然とした態度で言葉を返す。

「客じゃないわよ、蘇我《そが》。彼は例の『仕事』の実行者として……」

麗華の紹介の途中で、『蘇我』と呼ばれた男は目を爛々《らんらん》と輝かせて言葉を挟む。

「というと、その男は例の……こりゃあ、いい。いよいよまた、始まるのか。できたら俺も楽しませてくれよな、にいちゃん」

「楽しませる？　それは、例の『仕事』にあなたも参加するってことですか？」

「まぁ、それも悪くないが……それよりもにいちゃんがついやりすぎちまった時の後始末の方が、ワシの趣味の範疇《はんちゅう》だな」

好色な表情を微塵《みじん》も隠さず比呂とそう言葉を交わすと、蘇我は「ひっひっひっ……」と現れた時と同じ不気味な笑いを残して、森の奥へと消えていった。

「あいつは、『蘇我戒《かい》』。屋敷とは別に、あの森にある小屋に住んでるのよ」

麗華の説明によると、蘇我はこの島で雑務を担当している下働きという立場だった。

それ以上蘇我の話題を口にするのも汚らわしいとでも思っているのか、麗華は蘇我の消えた方向に侮蔑《ぶべつ》の視線を送っていた。

「……麗華さん、一つ聞いていいですか？　蘇我さんが口にした、『趣味』ってなんです？」

「それは……あんたもいずれ分かるわ。ほら、屋敷に急ぐわよっ！」

どう見ても不機嫌な麗華の態度に、比呂はそれ以上しつこく聞けない。物事に動じないタイプであろう麗華のそんな態度を見られたことで、ここは満足する比呂だった。

二番目の森を抜けると、そこに屋敷があった。

多少古ぼけてはいるが、元は無人島だったというこの場所に不似合いなほど豪奢《ごうしゃ》な造りの屋敷内を比呂に案内する役目は、麗華から一人の女の子に引《ひ》き継《つ》がれる。

「あなたが比呂さまですね。うわぁ、美樹《みき》の予想よりもプラスアルファの方です」

彼女の名は、『竹内美樹《たけうち》』という。

年は十八、九くらいだろうか……いや、麗華と同じデザインのメイド服があまりにも似合っている愛くるしさのせいもあって、もっと年下にも見えるし、もっと年上の可能性もあるだろう。

長い黒髪を三つ編みにした先に結ばれたリボンを揺らしながら、美樹はぴょこんと比呂に向かって頭を下げた。

「竹内美樹です。この島で比呂さまの身の回りの世話をさせていただきます」

他人から『比呂さま』とさま付けで呼ばれたのは初めてだったため、比呂は少々戸惑う。

(比呂さま、ね……麗華とは違って、この美樹はコスチューム通り、お屋敷のメイドさんってわけか。ということは、例の『仕事』のターゲットじゃない……)

比呂の心中での呟《つぶや》きが聞こえたのではないだろうが、麗華が去り際に彼の耳元で囁《ささや》いた。

「この子は例の『仕事』のことはなんにも知らないからね。余計なことは言わないのよ」

（なるほど……つまり、こいつはただのバイトか。いや、ただの、ってことはないか。似合ってるとはいえ、正気の沙汰《さた》とは思えないこんなメイド服を着てるくらいだから、相当のノーテンキ娘だ）

比呂のそんな評価も知らずに、美樹は嬉《うれ》しそうに話しかける。

「本当に比呂さまみたいに優《やさ》しそうな方で、美樹、安心しました」

「そうかい。それは光栄だな。短い間だろうけどよろしくね、美樹ちゃん」

「はいっ！　ご用の時はなんなりと美樹にお申しつけくださいね、比呂さま」

そう元気よく応待する美樹に案内されて比呂が屋敷に入ると、真夏のムシムシとした不快感とは打って変わったひんやりとした空気が彼を包む。

（全館冷房完備、か……贅沢《ぜいたく》というよりも却《かえ》って貧乏性に思えるな。せっかく都会から遠く離れた場所なんだ。せめて廊下くらいは夏の暑さをそのまま享受《きょうじゅ》すればいいだろうに）

ある事情から今時珍しい苦学生をしていたため、つい愚痴《ぐち》めいたことを考えてしまう比呂であった。

「比呂さま、どうかしましたか？　えっと、こちらが比呂さまのお部屋になります」

美樹がこの島に滞在中寝泊まりする比呂の部屋を紹介した、その時だった。

比呂が先ほど、心の中での呟きにおいて『ターゲット』と表現した、その予定にある人物が元気いっぱいな声と一緒に廊下に姿を見せた。

「美樹ちゃ〜ん、また、シャワーが故障しちゃったよぉ。なんとかしてぇ〜」

美樹の服の袖《そで》をグイグイ引っ張ってシャワーの不調を訴える様子を見ても、ワガママに育ったことが分かるセミショートの女の子は、少ししてようやく比呂の存在に気づく。

「れれっ？　新顔さん？　ほらほらっ、美樹ちゃん、ご紹介、ご紹介！」

そう促された美樹の仲介で双方は紹介され、比呂はその女の子が『倉田楓《くらたかえで》』という一つ年下の専門学校生であるのを知った。

「ふむふむ、比呂くん、ね……あっ、比呂くんの方が年上なんだから、アタシのことは『楓さん』じゃなくて『楓ちゃん』って呼んでいいよ」

「そ、そうかい。じゃあ、遠慮なく……って、年上なのに俺はくん付けなのかな？」

「そうだよ。当たり前じゃん。気にしない、気にしない。それに、一応、比呂くん、アタシ的に合格だよ。この島で見る人は美樹ちゃん以外、なんでかみんな暗くて困ってたんだ。というわけで、これからよろしく！」

初対面から友達口調で随分と馴《な》れ馴《な》れしい楓の態度にも、そのお気楽そうなキャラクターのおかげだろう、比呂は特に気分を害さなかった。

尤《もっと》も、比呂にとってこれから楓相手に行う『仕事』のことを考えると、彼女に好感を抱く必要は全《まった》くなかったのだが。

屋敷において日々の三度の食事は、一同が食堂に揃《そろ》って、と決められていた。

比呂にとって滞在一日目の初めての夕食も同様で、改めて彼がその場にて一同に紹介された。

「鈴森比呂といいます。まだ学生の身でカメラマンの卵《たまご》みたいな者ですが、今回の仕事で自信をつけたいと思っています」

そう偽り混じりの自己紹介をした比呂は、夕食が済むとすぐにそそくさと自分の部屋に戻った。

★　★　★

複数の他人と一緒に食事を摂《と》ることにあまりいい思い出がない……そんな独自の理由もあったのだが、それとは別に、比呂は今、一人で考えにふける時間が欲しかったのだ。

(はたして、本当に俺にできるのだろうか……黒田から命じられた、あの『仕事』が……)

この島に来ると決めたのと同時に、比呂は覚悟も決めていたつもりだった。

しかし、今まで同年齢の者たちに比べて遥《はる》かに苦労を重ねてきた比呂にとっても、その『仕事』のハードルは思っていたよりも高く、必然的に迷いが生じる。

今の比呂には、逡巡するその背中を押す悪魔の存在が必要だった。

そしてその日の深夜、比呂の部屋のドアを黒田がノックする。『仕事』の最終確認をするために。

「倉田楓……あの女に加えて、あと二人来る。この島をリゾート地にするためのモニターとして。鈴森、お前はその企画を立ち上げる資料用の写真を撮るカメラマンとして。全《すべ》て、表向きの話だがな」

「黒田さん、何を今更分かりきったことを……」

そこまで口にして、比呂は気づく。黒田が確認しようとしているのは『仕事』の内容ではなく、それに向けた彼自身の意志であることに。

「そう……その三人の女たちがする本当の仕事は……無理やりに犯されること……そして、それを実行するのは……俺、です。そうでしたよね、黒田さん」

黒田が比呂に命じた『仕事』とは、女たちを凌辱《りょうじょく》することだった。

それもただ肉体的にレイプするのではなく、精神的にも絶望のどん底に落とすという条件がつけられていた。

「まず、女どもとは親密になれ。そして、ある程度心を許してきたら、その時に犯せ……信頼させておいて裏切る。それだけでも相当の卑怯者《ひきょうもの》だというのに、嫌がる女を無理やりに犯すんだ。人間として最低と罵《ののし》られても仕方ない行為、それがお前の『仕事』だ」

黒田は比呂の覚悟を見極めようと、言葉でも彼を追いつめていく。

更に、その『仕事』には、つい最近までカメラマンを一生の仕事にしようと思っていた比呂にとって苛酷《かこく》なオプションが用意されていた。

「全てに絶望して泣き叫《さけ》ぶ女ども……その情景をお前のご自慢の技術でカメラのファインダーにおさめる……それも忘れるなよ、鈴森」

黒田からのプレッシャー、加えて女性を凌辱することへの罪悪感を打ち消そうと、比呂は殊更悪ぶった口調を使う。

「分かってますよ、黒田さん。要するに、そういう悪趣味な写真を見たいというアナクロな連中が、黒田さんの商売相手ってことか。写真はあくまでもプロモーション、商品は絶望に埋没して性の快楽のみを追い求めるように成り果てた女たちそのもの……」

「余計な詮索はするな。女どもの体を自由にできる、つまりはいい仕事だとだけ思え」

鋭い眼光と共に発せられた黒田の言葉に、比呂は「すいません」と頭を下げる。

その殊勝な態度もこの場をおさめるためでしかない。

「鈴森、教えておいてやろう。この島ではずっとこういうことが行われている。今回の女どもで何人目になるか、誰《だれ》も覚えていないほどに、な。そして、この島から死体になる以外の手段で逃げられた者はいない……失敗もまた、然《しか》り。お前の命で償ってもらうぞ」

比呂に忠誠心などないのを見通したようにそう言って、黒田は部屋を去っていった。

「ふん、ありきたりの脅《おど》し文句《もんく》だな。けど、それを本当に実行できる奴《やつ》はそういない。あの黒田なら……眉《まゆ》一つ動かさずにやるだろうな」

黒田が目の前からいなくなって一気に緊張感から解放され、比呂はベッドの上にごろりと横になった。

「人の命を奪う、か……今の俺にはどうだろう……まだ無理だな」

じっと天井を見つめる、比呂。

しばらくして、底知れぬ闇《やみ》を心に抱えている黒田に圧倒されている自分に気づいた。

そんな自分を鼓舞《こぶ》するためにも、比呂は思い出したくない過去の出来事をあえて脳裏に浮かべていく……。

★　★　★

……それは、半年ほど前のこと。

平凡《へいぼん》だがそれゆえに今まで生きてきて一番幸福な時間、穏やかな大学生活を送っていた比呂。その支えとなっていたのは同じ大学の恋人、『木下《きのした》さゆり』の存在だった。

帝都芸術大学の『芸術』という部分がオシャレだからという理由で、その演劇学部に入学を決めたさゆりと、奨学金《しょうがくきん》制度を利用して学んでいた苦学生の比呂とでは、その境遇はもとより性格も大きく異なっていた。

明るく社交的なさゆり、傍目《はため》からはオタク的にも見られるほどひたすら写真にのめり込む非社交的な比呂、といった具合に。

しかし、だからこそ比呂は光を求めるが如《ごと》く、さゆりに魅《み》せられた。

写真学科の知り合いに人数合わせとして、比呂が強引に連れていかれた他学部同士の合コンが二人の出会いだった。

「ちょっと、そこの彼！　さっきから飲んだり食べたりしてるだけみたいね。いい食べっぷりよ……なんて思わないわよっ！　それってアタシら女の子への侮辱ってもんよ」

それが、さゆりから比呂に対してかけられた最初の一言だった。

冗談混じりのその言葉をまともに受け取った比呂は、無理して慣れないギャグまで飛ばす有様《ありさま》で、気づいた時には完全にさゆりに一目惚《ひとめぼ》れ状態だった。

そしてコンパの翌日から、比呂は今まで一度として訪れたことのない演劇学科の学棟へ通い、さゆりへのアプローチを開始した。

「あのさぁ、ストーカー法って知ってる？　こーいう場合、まずはメールとかのやり取りで……そっか。比呂は超ビンボーだからケータイ持ってないって言ってたっけ」

少しも悪びれずにズケズケとそんなことを口にするさゆりが、比呂は妙に嬉しかった。

「もう、しょーがないなぁ。比呂は顔の造形とか結構好みの方だから、付き合ってあげる。でも、ビンボーはヤよ。早いとこ、女優やタレントとかバンバン脱がすカメラマンになってリッチになんなさいよっ！」

比呂の粘《ねば》りに負けたのか、さゆりがそう言って、二人は付き合うようになった。

比呂にとって、さゆりへの想《おも》いは初恋だったのだろう。その証拠に、それまで女性経験がなかったわけでもないのに、比呂がさゆりに求めたのはせいぜいキス止まりのプラトニックなものだったのだから。

だが……悲劇は突然に訪れた。

ある日のデート中、街中で見知らぬ男たちに二人一緒に拉致《らち》された結果、体を縛られた比呂の目の前で、さゆりは輪姦《りんかん》された。

比呂がその後、何度も悪夢として見ることになる、あの惨劇。

薄暗い空き倉庫で、三人の男たちにさゆりが凌辱される、あの光景が……。

「へへへっ、処女なら、こいつを口に入れるのも初めてなんだよな。ほらっ、咥《くわ》えろよ！」

「バーカ！　処女だったぶん、フェラはプロ級かもよ。おっ、チ○ポ咥えた途端、こっちの締まりもきつくなってきやがった。相当な淫乱《いんらん》バージンだぜ、こいつ」

「いいじゃねーか。口も処女ってことにしとこうぜ。んなわけで、今から俺が三つ目の処女を……ヒクヒクしてる、このケツの穴にもぶち込んでやる」

そして……同時に三本の肉棒で体を貫かれる、さゆり。

それは、凌辱の第一章にすぎなかった。

ヴァギナとアナルへの挿入《そうにゅう》に精液飲みは無論……それが終わっても男たちはポジションを変え、それぞれの穴へと代わる代わる挿入と射精を繰り返し……しまいにはレイプした記念にと、剃刀《かみそり》でさゆりの秘所の剃毛《ていもう》まで行われた。

「おい、彼氏。感謝しろよな。マ○コだけじゃなくて、口も後ろもどこでも使えるようにしてやったぞ。もうどんなプレイだってOKだろうさ。ケッケケッケケッ」

その嘲《あざけ》りと哄笑《こうしょう》を最後に、凌辱者たちは立ち去った。

全身精液まみれになり瞳から光を失っているさゆりと、体を縛られ口が塞《ふさ》がれた状態で憎悪と憤怒の視線を男たちに送るしかなかった比呂を残して。

しばらく経ったのち、ロープを壁にこすりつけて断ち切り、なんとか体の自由を取り戻した比呂はすぐさまさゆりに駆け寄ったのだが……。

「いやぁああ……近づかないで……アタシに触らないでぇぇぇぇっ！」

「さゆり……ごめん……」

「なんでアタシが酷《ひど》い目に……アタシ、悪いことなんて何もしてないのに……」

自分の身に起きた悲劇の原因が比呂にあるかのように、さゆりは彼を拒絶した。

比呂も「ごめん……」と謝る以外の言葉が口にできなかった。

あとになって、どんなに拒まれようともずっと側にいてやるべきだったと比呂は激しく悔やむことになる。

部屋までは送っていったが、痛々しいさゆりの姿をこれ以上見ていられない気持ちもあって、「明日、また、来るよ」と比呂はその場を離れてしまった。

そして……さゆりにはその『明日』は訪れなかった。

その日の夜、さゆりは自分の住むマンションの屋上から身を投げ、自《みずか》ら命を絶ってしまったのだから。

最愛の者、さゆりを永遠に失った、比呂。

深い悲しみに落ちる彼にやるべきことは一つしかなかった。

復讐《ふくしゅう》……。

比呂は、さゆりの仇《かたき》を討とうとレイプ犯たちを必死に捜した。しかし、さゆりの両親が娘の名誉を傷つけないよう警察に訴えなかった事情もあって、徒労の日々が続いた。

そして、絶望以外は何も心の内に存在しなくなった比呂の無気力な日々が始まる。

大学に一切通うこともなくなり、ひたすらさゆりと一緒に拉致された街をさまよっていた時に、比呂はあの男と出会った。

「世間から蔑《さげす》まれているヤクザの俺が言うのもなんだが、実に腐った目をしてるな、お前」

『剣聖会《けんせいかい》』と呼ばれる非合法集団、いわゆる暴力団のトップにいる男、黒田と。

★　★　★

比呂は、死ぬよりも辛い回想を終えた。

いつしか比呂の唇は、さゆりが凌辱されていた時にそうするしかなかったのと同じに、血の出るほど噛《か》み締められていた。

（さゆりを助けられなかった俺……あいつらに復讐さえしてやれなかった俺には、さゆりのあとを追って自殺する権利はない。全てを忘れてまるで何もなかったかのように生きて

いく価値もない）
ベッドに寝転がったまま、比呂は天井に向かって右手を突き出した。まるで誰かの首を紋めつけるように何度も握っては離し、離しては握る。
（だから、俺は卑劣な手段で女たちを犯し……人間として落ちるところまで落ちていくしかないんだ。そして……）
その時の比呂からは、もう例の『仕事』への迷いは完全に消えていた。

★　★　★

「ん？　比呂くん、どしたの？　なんか唇の下んとこ、切れてるよ」

「あっ、これ？　実はね、ディープキスの最中、相手に噛まれちゃって」

「え〜〜っ！　そ、そ、それって……昨日は確か傷がなかったから……その相手ってこの屋敷にいる……美樹ちゃん？　麗華さん？　それとも、禁断の相手である……」

「嘘《うそ》だよ、嘘。本当はさっき髭剃《ひげそ》りの時に切っちゃったんだ。びっくりした？」

比呂が島に来てから迎える初めての朝は、楓とのそんな会話で始まった。

「ぶ〜〜っ！　別にびっくりなんかしないよぉ。だって、アタシは比呂くんがどこの誰とキスしようが全然構わないんだもん」

「ということは、楓ちゃんとしても構わないってことだな。では、早速……」

「バカバカっ！　そーいう意味じゃないでしょ！　あっち行ってよ、ヘンターイ！」

そのやり取りの結末は、美樹の「お二人とも、もうそんなに仲良くなったんですね」という外野からのツッコミに、楓が顔を赤らめることで締め括《くく》られた。

美樹の指摘通り、比呂は楓と仲良くなろうとしてからかってみたのだが、心の底から仲良くなろうと思ってはいない。

全ては、一人目のターゲットである楓を凌辱する前段階としての行為だ。

そのためにも、なるべく頻繁《ひんぱん》に楓と接触を持つ必要が比呂にはあった。特に娯楽《ごらく》のないこの島で、今まで美樹以外に話し相手すらいなかった楓にとってもそれは悪くないわけで、比呂が名目上の仕事、島の風景を撮る間も、彼女の方からちょこまかと後ろをついていく。

今も、島の片側を一望できる屋敷のベランダにてカメラを構える比呂の脇には、楓の姿があった。

「ねぇねぇ、比呂くんって大学生なんだよね。いいなぁ。アタシなんて専門学校生だよ。大学に行けるほど頭、よくなかったし。比呂くんが羨《うらや》ましいよ」

「羨ましいって言われても、俺は……いや、楓ちゃんは今いる学校に不満でもあるの？」

「う～ん……雰囲気に馴染めないっていうか、遅刻しても欠席しても注意とかされないのがちょっと不満なのよね」

「それは大学だって同じだよ。第一、注意されたり叱《しか》られたりすればそれはそれでやっぱり不満なんだろ、楓ちゃんは」

「ふん、どーせ、アタシはワガママな子供ですよーだ」

口を尖《とが》らせながら拗《す》ねたフリをした楓は、ついでに比呂の足に軽く蹴《け》りまで入れた。

「わわっ！　酷いなぁ、楓ちゃん。おかげで今、撮った写真、ブレちゃったよ」

「何よ、一枚くらい。子供扱いされて傷ついたアタシの乙女心《おとめごころ》に比べたら、どっちが優先するか一目瞭然《いちもくりょうぜん》よ！」

仲のいい兄と妹のような、その光景。

それは、美樹から楓が一人っ子だという情報を得ていた比呂が、巧《たく》みに『気さくなお兄さん』役を演じた結果である。

そうとは知らない楓はまんまとその策略に乗ってしまい、素直に比呂に対して妹のように振る舞い、そして徐々に異性として惹《ひ》かれていく。

数日が過ぎる頃には、島での生活における数々の不満を打ち明ける楓の姿があった。

「はぁ～、なんでこの島、カラオケの一つもないんだろ。カラオケさえあれば、アタシの特技の一つ、オリジナルの歌詞によるメドレーを比呂くんにも聞かせてあげられるのに」

とか、

「美樹ちゃんの作ってくれる料理は美味《おい》しいんだけど、たまには別の……そう、例えばぁ、ポテチやカップ麺《めん》とかの、どう見ても体に悪そうなジャンクフードが食べた～い！」

そのたびに、比呂は楓を宥《なだ》めた。内心、（そんなことくらいで悩んでいられるのも今のうちさ。今にもっと……）と毒づきつつ。

そしてある日のことだ。

船着場とは丁度逆側になる海岸にて、珍しく楓抜きの一人で島を散策していた比呂は、遠目からは死角になっているので普通は気づきにくい洞窟《どうくつ》を見つけた。

続いて、楓の姿が比呂の視界に入った。

楓は海で水遊びでもしていて転んでしまったのか、上半身だけ裸になって服を乾かしている。ギュッとブラを手でしぼる動作をしても、全く揺れない楓の薄い胸。彼女の年齢からすれば、整形でもしない限り、この以上の発達は望めないだろう。

「あっ……比呂くん……」

しばらくして楓が身なりを整えたのを見はからって比呂が近づいていこうとすると、楓の方が彼の姿を視界に捉《とら》えて声をかけてきた。

「あーあ、見つけちゃったか。ここって、アタシだけの秘密の場所だったのに」

声に元気がないのに自分でも気づいて、楓はいつもの調子に戻そうとしているようだが、やはりそこにはどこか無理があった。

黙って楓の横に並ぶように座った比呂は、タイミングを見て口を開いた。

「秘密の場所か……楓ちゃんでも一人になりたい時とかあるんだ」

「……うん。ここにいるとイヤなこととか全部忘れられるし、ね……あっ、ひっどーい！

楓ちゃんでも、って何よ。楓ちゃんでも、って！」

「ごめん、ごめん、そういう意味で言ったわけじゃ……でもさ、イヤなことってなんなの？」

「イヤってよりも、不安っていうか……あっ、でも……」

「言いたくなかったら、別にいいんだからね。俺はただ、いつもの元気すぎるほど元気な
楓ちゃんでいてほしいだけだから」

どこかからそのままパクってきたような嘘くさい比呂の励《はげ》ましに、落ち込んでいたせい
もあって、楓はコロリと騙《だま》されてしまった。

「優しいね、比呂くんって。あのさぁ……今はダメなんだけど、もう少し自分の中で整理
できたら絶対比呂くんには話すから……」

いつもの騒がしいやり取りと違い、しんみりとした空気が二人の間を漂う中、やや唐突
に楓はその真意がある意味見え見えな質問を比呂に投げかける。

「あ、あのね、全然話は変わるんだけど……比呂くんって好きな人いるの？」

「いや……今はいないよ」

「それって……前にはいたってことよね。もしかして、フラれちゃったの？」

好きな人というカテゴリーの場合、比呂にはたった一人の人物しか該当しない。

たっぷりと間をあけてから、比呂は楓の質問に答えた。

「フラれた方が幸せだったな。だって、それなら二度と会えないなんてことないんだから」

比呂の意味深な返答にはある程度本音も含まれていたが、その目的は楓の気を引いて、より信頼を得ることにあった。

その目論見《もくろみ》にどっぷりとはまり、楓は比呂の心の傷に触れてしまったのだと思い込み、「ごめんなさい」とすまなそうに謝った。続けて少し嬉しそうに……。

「この洞窟のこと、誰にも喋《しゃべ》っちゃダメだよ。今日からは、アタシと比呂くん、二人だけの秘密だからね。はい、小指出して……約束！」

二人だけの秘密……楓がその言葉と子供っぽい指切りという行為に込めた純情は、残酷にもそれを向けた相手によって無惨に踏みにじられる。

★　★　★

「……麗華からの報告を聞くところ、だいぶ親しくなったようだな。そろそろ第一段階に移行してもいいだろう、鈴森」

黒田からそう許しを受けた比呂は、頃合いを見て初めての『仕事』にかかる。

まずは下地づくりとして、楓に「ごめん、今日は撮影に集中したいから……」と告げ《つ》た。

（こうして俺が一緒にいるのを拒めば、メイドの美樹が忙しくなる夕方頃に、楓はまた、あの秘密の場所とやらに行くはずだ……）

次に、日が傾きかけた頃、比呂は一度屋敷の自分の部屋に戻ると、黒田が用意した全身黒ずくめの服をカメラケースの中に仕込んで、再び屋敷をあとにした。

服と一緒にカメラケースには、これも黒田から渡された、顔を隠すための目出し帽《ぼう》が。

(第一段階はまだ正体を伏せておいた方がいい……か。とことん卑劣に計画されているよな、この『仕事』は。まあ、実行犯たる俺に言えた義理じゃないか)

前日の夜、試しに服と一緒に身に着けた時に鏡で確認した、目出し帽に覆われた自分のマヌケな顔を思い出し、比呂は自嘲《じちょう》気味に笑った。

楓が一人であの洞窟に向かった証《あかし》である砂浜に残された足跡を発見した比呂は、岩陰《いわかげ》でそのマヌケな姿に変身する。そして……。

「……えっ？　だ、誰？　ひ、比呂くん？」

比呂は洞窟に近づくまでは忍び足を使い、いざ姿を現す瞬間だけはあからさまに足音を立てた。楓の受けるショックを少しでも強くしようという、狡猾《こうかつ》なやり方だった。

「ち、違う……比呂くんじゃない……あんた、誰よ！　そんな変なもの、被《かぶ》って！」

(いいや、違わないよ。正真正銘《しょうしんしょうめい》、鈴森比呂さ。ただし、お前の呼ぶ比呂くんじゃない)

言葉は威勢がよくても、顔を隠した不気味な男の出現に、楓はじりじりと後ずさりする。

比呂の方は慌てて近づく必要はなかった。楓が逃げるとしたら比呂のいる方向、前進するしかなかったのだ。このために、洞窟という退路の限られた場所を選んだのだから。

すぐに楓もその事実に気づき、次の瞬間、比呂のいる方向にダッシュした。

しかし、それも比呂は予想済み。向かってくる楓の頬《ほお》に一発、平手打ちを見舞う。

「きゃっ！　い、痛い……嘘……なんなのよ、どーして、こんな……」

おそらくこれまでの人生で他人からこのような仕打ちを受けたことはなかったのだろう。平手打ち自体は大して強くなかったのに、楓は精神的ショックから地面にへたり込んだ。

楓とは逆に、躾《しつけ》と称する言われなき暴力を幼少の頃から受け続けた経験のある比呂だからこそ、その反応を見て少し腹が立った。だから、もう必要がないと分かっていたものの、これ見よがしに再び手を振り上げた。

「いやっ、もう乱暴しないで……お願いだから……」

「乱暴か……分かったよ、お前の恐れている乱暴はもうしないでおいてやろう」

喉《のど》にかなり負担のかかる低い作り声で、比呂は意外にもそう告げた。

楓も「えっ……」と拍子抜けしたような声を洩《も》らしたのだが……。

「けどな、新聞のニュース記事でいうところの、『女の子に乱暴……』の乱暴はするぜ」

楓がその言葉の意味を理解する前に、彼女の唇は強引に奪われた。

「んんっ！　んんん……い、いや……し、舌、入れな……んぐぐぅ！」

楓にとって初めてのディープキス……というよりも、それは口を犯される行為だった。舌を蹂躙《じゅうりん》され、唾液《だえき》を吸われ、そして他人の唾液を飲み込まされる、という具合に。

「……どうよ、見も知らぬ男に唇を奪われる気分は？」

「やだぁぁぁ……こんなのイヤだよ……比呂くん、助けて……」

「比呂くん？　それって彼氏のことか？　じゃあ、せいぜいそいつにしてもらってるとでも思うんだな。その方がお前も楽だぞ」

白々しいその言葉と同時に、比呂はボタンの存在を無視するが如く、地面に倒れ伏す楓のブラウスの前を開け、ピンクの水玉模様のブラに包まれた乳房を鷲掴《わしづか》みにした。

「あっ……やだ、手、離してよぉ……ダメだったらぁ……」

「おいおい、俺様だって揉《も》んでて面白味のない貧乳に我慢してやってんだぞ。それにしても、小さい胸は感度がいいって話、あれはやっぱ巨乳への負け惜しみ、言い訳だったな」

胸のサイズにコンプレックスのある楓の目に敵意の色が宿ったが、それも一瞬だった。比呂の手によって、ヘソが見えるほど大胆にスカートをめくられ、ブラとお揃いのデザインであるショーツを露出されたことで。

「い、いやぁあああ……見ないで……スカートから手を離して！　触んないでよぉ！」

比呂は楓の懇願をどれ一つ聞き入れない。まじまじとショーツのシワの一本一本まで観察し、邪魔にならないようスカート自体をずり上げ、秘所のクレバスにショーツの生地を食い込ませるように人差し指をクイクイッとこすりつけた。

「嫌がってるわりにアソコはもうこんなにヌルヌルに……なんてのは男の勝手な妄想、フィクションの世界だよな。まっ、それでもやることは変わらないわけだが」

比呂は楓がジタバタと抵抗する隙《すき》を与えず、手早くショーツを秘所から引き剥《は》がした。

洞窟の入り口から吹きつける潮風と、目出し帽越しの比呂の視線に晒されたのは、まだ男のモノを受け入れたことがないのは無論、やや薄めの恥毛が生え始めてからは他人の目に触れさせたことのない、楓の女の子の部分である。

「あああ……こんなのって……アタシ、見られちゃってる……見られちゃってる……」

あまりのショックから、楓の心は現実逃避へと傾いていく。華奢《きゃしゃ》な体からも力が失《う》せ、比呂が体勢を変えて後ろから抱え上げて膝《ひざ》の上に乗せても、ほとんど為《な》すがままだった。

が、比呂はそれを許さない。愛撫《あいぶ》と呼ぶにはほど遠い荒っぽい手つきで、楓のまだ固く閉じられた秘裂に無理やり指を突っ込んだ。

「はうぅぅぅっ！　痛い、痛いのぉ！　やめてぇぇぇっ！」

痛みによって現実に引き戻された楓の耳元で、比呂が囁く。

「だったら、どうすればいいか教えろよ。気持ちいいやり方や部分とか、本人なら分かるだろ？　バージンでもオナニーくらいはするだろーが」

「し、知らないよ、そんなの……あっ、い、痛い！　引っ張っちゃ、ダメぇ！」

「そうか、残念だな。女の子のエッチなオナニー告白でも教えてくれれば、俺様も満足してこれ以上のことはしないですんだかもしれなかったのによ」

いくらアーパーな楓でも、その言葉が嘘なのは分かった。それでも、絶望の中に希望の光がかすかに見えてしまうとすがりついてしまうのが人間だ。

「ううっ……じ、自分でする時は……パンツの上から軽くなぞるくらいで……イク時だけ直接……たまにクリトリスにもそっと……」

「本当かぁ？　指を中にズボズボ入れてるくせによ。あと、バイブとか」

「ほ、本当だって！　夜、寝る前に布団《ふとん》の中で好きな人のこと考えて、するだけだもん」

「ふ〜ん……例えば、こんな風に、か？」

今までとは一転した比呂の優しい指遣《ゆびづか》いが、楓の秘所を襲った。強制された自慰告白とはいえ、その際の感覚を思い出してしまい、楓は思わず拒絶オンリーだったここまでのとは明らかに異なる喘《あえ》ぎに近い声を上げた。

そのリアクションが比呂に口実を与える。

「おっ、その気になってきたじゃねーか。じゃあ、こいつも好きな人とやらの……さっき言った比呂くんとやらのモノだと思って受け入れるんだな」

比呂は楓を地面に放り出すと、その眼前に怒張した肉棒を差し出した。

ズボンのファスナーから飛び出した、初めてナマで目にする男の性器の凶悪さに、楓はハッと息を呑《の》んだ。そして、当然抗議の声を上げる。

「な、なんでよ……！　オナニーのこと話したら満足してくれるって言ったじゃない！」

「後学のために教えてやる。童貞《どうてい》くんならいざ知らず、あんな告白聞いたらフツーの男なら満足するどころか、いっそう犯したくなるだけなんだよっ！」

ここまで来れば、辱《はずかし》めるのを目的とした余計なお喋りは無用だった。

比呂は楓の両足を抱え上げ、まだセックスの準備の整っていない、乾いた小さな割れ目へと自らの剛直を押し当てた。

しかし……準備が整っていないといえば、比呂の心も同様だった。

「んぐぅっ……うぅぅ……なんで、こんな時に……」

突如比呂を襲う嘔吐感《おうとかん》、その原因はさゆりがレイプされた光景を見せられたことによるセックスへの強烈なトラウマなのだろう。

「やだぁ、初めてがこんなのなんて……こんなの、やだよぉ！」

楓の悲鳴も、あの時のさゆりのそれを思い出させることになり、比呂を苦しめる。

「うるせぇ。ギャアギャア騒ぐな！　くそっ、こんなことくらいで、俺は……」

比呂は泣き叫ぶ楓を視界から遮断するべく目を閉じ、今にも萎《な》えそうになるペニスを気力で保ちつつ、意地でも行為を続行する。

(たとえ、今、この女を犯さなかったとしても、さゆりはもう戻ってこないんだ！)

ズブッ……！　ブチブチブチ……。

遂に執念がトラウマに勝り、比呂の肉棒は楓の処女膜を貫いた。

「はあはあ……おっ、しっかり血が出てるじゃねーか。これでめでたくバージン卒業だな。

どうだ、初めてチ○ポをマ○コにぶち込まれた感想は？」

「く、苦しい……こんなの、痛いだけだよぉ……気持ち悪いよぉ。あぁぁ……」

「喜べ。そのぶん、俺はグイグイ締めつけられて気持ちいいぞ。お礼に、このまま中に出してやるからな。上手《うま》くいけば初体験でご懐妊《かいにん》だ」

辛うじて抑《おさ》えつけている体の拒絶反応に負けまいと、比呂は殊更外道《げどう》な発言を口にし、そして宣言通り、膣内《ちつない》射精も敢行した。

「あっ……あああっ、出てる……なんか、熱いのが……これって……イヤぁあああああっ！」

絶叫と共に半ば意識を失いかける、楓。だが、それすらも彼女は許されなかった。

股間《こかん》からドロリと破瓜《はか》の血混じりの精液がこぼれ出る楓の姿に、比呂の手にしたカメラが……これも黒田の用意したものであるそのレンズが狙いをつける。

「バージンを失った記念だ。もっといい顔しろよ。一生に一度しかないチャンスなんだぞ」

一生に一度しかない処女喪失を悲惨な記憶として刻まれ、ただ泣きじゃくるだけの楓の声に、無機質なシャッター音が被さる。

無機質といえば、目出し帽越しの比呂の瞳もそうだった。

達成感等の感情は一切なく、指だけが機械的にシャッターを切り続けていた。

★　★　★

その日の夕食の席に、楓は体調不良を理由に出てこなかった。

放心状態の楓を洞窟に置いてきぼりにして先に屋敷へと帰ってきた比呂にとって、本当の理由はあまりにも明白だった。

翌日の朝食の際にはさすがに食堂に顔を見せる楓だったが、いつもは無駄《むだ》なほど元気な彼女もレイプされたあとではそうもいかない。口数は少なく、処女を失ったばかりの股間がまだ痛いのか、どことなく歩き方もぎこちなかった。

比呂が白々しく「どうしたの？」と尋ねると、楓は「……なんでもない」と誤魔化《ごまか》したものの、朝食の席で次の疑問を一同に投げかけた。

「あのさ……この島って、今ここにいる人以外、他に誰かいたりとかするのかな？　あっ、あの蘇我って人も別にして」

この島に来たばかりの比呂に答える義務はないので、質問した楓に倣《なら》って視線を他の人物へと動かす。

義務があるといえば麗華なのだろうが、楓の質問の意図を計りかねているのか、黒田の表情を窺《うかが》っている。

その黒田がコーヒーをグッと飲み干すと、静かに口を開いた。

「この島に人が住める施設はこの屋敷以外、蘇我がいる小屋だけだ。そうはいっても、外国船や漁船が立ち寄る可能性もないではない。だから、今の質問には百パーセントいないとも答えられないな」

「そ、そう、なんだ……じゃあ、誰かいたりするかもしれないんだ……」

　黒田の答えを聞いたあとの楓の落胆したような、それでいてどこか納得しているような複雑なリアクションを目にして、比呂は彼女の真意に気づく。

（要するに、自分を犯した覆面男の正体が外部の人物だと思って……いや、思いたいんだろうな、楓は）

　先ほどまでは分かっていなかった麗華も同様に楓の心中を把握《はあく》したのだろう、朝食終了後に比呂を呼びとめた。

「あんなこと聞いてくるってことは……あんた、あの子相手にもう『仕事』したんだ」

「まあ、そんなとこです。黒田さんから指示があったんですけど、聞いてませんか？」

「あはは、アタシはフォローするけど、例の『仕事』にはなるべく直接関《かか》わらないことにしてんの。にしても、アタシが感じた坊やの第一印象って間違ってたみたいだねぇ。さっきも自分がレイプした相手に、あんなにニコニコと話をしてたし。偉い、偉い」

「……麗華さん、何が言いたいんだ？　回りくどい言い方はやめてくれ！」

　挑発と分かっていてもつい声を荒らげてしまうところをみると、比呂も完全に例の『仕事』に対して割り切れていないのだろう。

「へぇ……演技以外の感情は欠落してるのかと思ってたけど、あんたでも本気で怒ることあるんだ。あっ、一応言っとくけど、さっきの皮肉と違って今のは褒《ほ》め言葉だから」

「褒め言葉、ですか。一応、肝《きも》に銘じておきますよ」

小娘の楓はコロリと騙せても、一癖《ひとくせ》ありそうな女性、麗華に対抗するには、まだまだ修行の足りない比呂であった。

★　★　★

「きゃあっ！　い、いやぁああっ！」

「ど、どうしたの、楓ちゃん。俺、何か変なことした？」

「えっ……あ、なんだ、比呂くんか……ううん、別に。ちょっとびっくりしただけ」

昼食の済んだ午後のひととき。真夏の暑さを少し忘れさせてくれる、風通しのよい屋敷のベランダにおける、比呂と楓のやり取りである。

昨日のレイプの後遺症で、背後から軽くポンと肩を叩《たた》いただけでビクッと過剰に反応してしまった楓に、比呂は内心ほくそ笑む。

「暇だから散歩でも、と思ったんだけど……楓ちゃん、昨日の晩からそうだったけど、まだ体の調子、悪いのかな。だったら……」

「ううん、平気。アタシも比呂くんにちょっと話したいことがあったから……あっ、ここじゃなくて、できればどっか二人っきりで」

「二人っきりか……じゃあ、あそこかな。二人だけの秘密の場所、あの洞窟が……」

比呂のその提案に、楓は即座に「ダメっ！」と強硬に反対した。

それはそうだろう。もうあの場所は楓にとって何者かにレイプされた現場、忌《い》むべき禁断の地でしかなかった。

代案として楓が選んだのは、比呂もまだ知らなかった場所、海釣《うみづ》りに最適なポイントともいえる、岬《みさき》の突端だった。

だが、そこに到着しても楓はずっと黙ったままで、打ち寄せては返す波の様子に視線を送っているだけの状態がしばらく続く。

（まさか、こいつ、レイプ犯イコール俺って図式に気づいたんじゃないだろうな……）

それが杞憂《きゆう》だと思っても、我慢しきれず比呂の方から口を開いた。

「楓ちゃん、俺に話したいことって……もしかして、前にあの洞窟で言ってた、嫌なこと、もしくは不安なこと……その件かな？」

楓はブンブンと首を横に振る。

「そのことじゃないの……あのね、比呂くん。実はアタシ、昨日の夕方……」

そこで言葉を濁して再び黙ってしまう楓だったが、比呂にはそれで充分だった。

（そうか……楓の奴、昨日のレイプのことを俺に打ち明けようと……つまり、俺は微塵も疑われてないってわけだ。さて、俺としてはどう応じてやるかだが……）

「ホントは比呂くんにだけは絶対知られたくないんだけど……でも、アタシが今、一番信頼できるのもやっぱり比呂くんだから……」

ひときわ大きい波が岬に打ち寄せ、楓の頬に飛沫《しぶき》が涙のように伝った。

結局……楓は言えなかった。再びレイプされるかもしれない恐怖心よりも、比呂に対して芽生え始めている仄《ほの》かな想いの方を、楓は優先させたのだ。

代わりに楓の口から出たのは……。

「……実はね、アタシ、今、プチ家出中なんだ」

「へっ？　あ、ああ、そうなんだ。プチ家出ね。うんうん」

「うん。ウチの親ってホント口うるさいんだ。自分のこと、棚に上げちゃって、アタシばっか『ちゃんとしなさい』とか言って。ペットのトリミングの仕事がしたくて、今の専門学校を選んだ時も……ううん、入学したあとの今だって反対してて」

少々拍子抜けした比呂に構わず、楓は父親が浮気していたこと、母親が亡くなった姑《しゅうと》を粗末《そまつ》に扱っていたこと等、家庭の事情まで持ち出して自らのプチ家出の正当性を訴えた。

「全然連絡してないから、今頃、捜索願とか出てたりして。いい薬よ、パパとママには」

「おいおい、それはちょっと……まあ、子供の心配をするのも親の仕事かな」

無責任な結論を口にした、比呂。両親という存在の意味をフィクションの世界以上は知らない事情を持つ彼にとって、本音は全く違った。

（チッ、そんなに親が嫌なら、さっさと自活でもなんでもすればいい話だろうが）

これ以上つまらない愚痴に付き合っていられない気分の比呂を救ってくれたのは、海上に見えた光景、島を離れていく船の存在だった。

「見ろよ、楓ちゃん。船だよ……そういえば、今日は楓ちゃんと同じくこの島のモニターとなる女の子が来るって、昨日、黒田さんが言ってたな」

「ぶぅぅぅっ！　比呂くん、女の子って聞いて、なんか目の色、変わってるぅ」

「そ、そんなことはないと思うけど……」

「まっ、それはそれとして、ちょっと気になることがあるのよね。麗華さんからのお達しで、船が着いた時には船着場に近づくなって言われてるの。これって、変でしょ？」

比呂にとって、それは少しも『変』ではなかった。

（なるほど。万が一にも逃げ出されないように……じゃなくて、そうお達しを出すことで女たちの不安を煽《あお》ろうって魂胆だな。船の出入りのチェックは徹底してるだろうし）

比呂がそう正確に意図を見抜いた、その時だ。

「……やあ、どーも、どーも。せっかく二人きりのところ、お邪魔でしたかな」

いきなり比呂と楓の背後から声をかけてきたのは、二人とも初対面の人物、愛想のいい笑顔を絶やさない……というよりも笑みを顔に貼《は》りつけたという表現が適切な男だった。

年の頃は二十代半ば。背丈は比呂よりもやや低いくらいで、きっちりと手入れされた髪型やスーツといい、一見するとどこぞの商社マン風だ。

そんな印象は別として、未知の男の登場にレイプ犯を連想した楓はサッと比呂の背中にすがった。

「おやおや、お邪魔ではなく驚かせてしまったようですね。恥ずかしながら、僕はこういう者でして……」

男が二人に見せたのは、警察手帳だ。

「ウッソー、それって本物？　ドラマに使う小道具とかじゃないの？」

旺盛《おうせい》な好奇心が恐怖心をかき消し、思わず身を乗り出す楓の発言に、男は苦笑する。

「本物ですよ、元気かつ現金なお嬢《じょう》さん。僕は『鷺沢志郎《さぎさわしろう》』といいます。実はですね、僕はある事件を担当していまして、いわゆる重要参考人を追っているんです」

鷺沢なる警察関係者の説明によると、船籍不明の船に乗って逃亡中だったその重要参考人とやらが、この島に上陸した可能性があるというのだ。

それを聞いて、楓の表情に暗い陰が差す。鷺沢の言う逃亡犯が昨日のレイプ犯なのかもしれないと思い当たったのだ。

別な意味で、比呂の表情も曇っていた。確実に法に触れる行為、例の『仕事』をしている彼にとって、鷺沢が警察官というだけでそうならざるを得ない。

「これ以上詳しい話はできませんが、何か気づいたことがあったら教えてくださいね。当分はこの島で静養がてら……おっと、前言撤回、捜査のために滞在する予定なので」

鷺沢のふざけたその言動すら、こちらを油断させようとしているのではとプレッシャーを感じるのが、今の比呂の心理状況だった。

★　★　★

鷺沢を加えた三人で戻った屋敷では、またも初対面となる人物、比呂から見れば『仕事』の第二のターゲットである女の子が到着していた。

「あっ、噂をすれば……比呂さま、今日からお屋敷に滞在する、相川千砂《あいかわちずな》さまです。千砂さま、こちらがカメラマンの……」

美樹の紹介が済む前に、そして比呂が「はじめまして」と挨拶する間も与えずに、『相川千砂』という名の女の子は、さっさと自分に用意された部屋に入っていってしまった。

おかげで比呂が得た千砂についての情報は、前髪をまっすぐに揃えた艶《つや》やかなロングヘアの持ち主であることと、無愛想な印象の美人……それくらいであった。

「えっとぉ……美樹ちゃん、俺、何か彼女の気に障るようなことでもしたかな？」

「いえ、あの……比呂さまに限って、そんなことは……嘘じゃないですよ、本当に」

気配りの人、美樹はまるで自分が失態を犯したかのように慌てふためく。

「そ、そう、あれです。比呂さま、気にしないでください。千砂さまはあの黒田さまに対してもあんなでしたから、決して比呂さまだけが嫌われているわけでは……」

「えっ？　あれって、俺が嫌われたってことなの？　ぐぁ～～っ、あの子の態度ではなく、美樹ちゃんの今の言葉こそが鋭い刃となって、俺の胸にグサッと突き刺さったぁ！」

「えーーっ！　ごめんなさいです。こういう場合、美樹、どうしたらいいんでしょうか」

「なーんてね。冗談、冗談。美樹ちゃんって、ホント素直なんだなぁ」

美樹を相手にふざけながらも、比呂は今後のことについていろいろと考えていた。

（手強そうだな……まっ、楓とタイプが違うってのも落としがい……いや、犯しがいがあるってもんか。それに、今は千砂よりもあの刑事の方が問題だ）

★　★　★

夕食時、食堂にて新たな滞在者、千砂の紹介に続いて、鷺沢の口から改めて一同に捜査活動についての説明が為された。

その際に、鷺沢がただの下っ端刑事ではなく、若くして警視の肩書きを有する警視庁のキャリア組エリートであるのを知って、比呂の感じていた不安は更に高まる。

（どうりで、普通なら二人一組であるはずの刑事の鉄則に反して、単独で行動しているはずだ。となれば、重要参考人を追ってるって話自体、疑ってみる可能性も……もしかして、この島で行われている例の『仕事』を探りに……）

比呂の推理は、最も意外な形で外れる。

その日の深夜、黒田の部屋に呼び出された比呂は、そこに麗華はともかく鷺沢までいることに驚き、二人の初対面とは思えない会話に更に驚く。

「ふふっ、名演技だったわよ、鷺沢警視殿。ご苦労様」

「まあ、慣れてますから……って、おや？　目を丸くしてるところをみると、鈴森くん、彼には教えてなかったんですか？　黒田さんも人が悪いなぁ」

「敵を欺《あざむ》くにはまず味方から……基本は大事にしないといけないわよ」

　事実、麗華と鷺沢、そして黒田は初対面ではなかった。鷺沢は黒田側の人間であり、尚《なお》且《か》つ正真正銘の警察組織の一員でもあったのだ。

　黒田が鷺沢の存在意義を語る。

「鈴森、これはお前のためだ。お前が凌辱の実行者だと疑われないよう、鷺沢が追っているという実在しない逃亡犯にその罪を背負ってもらう」

「あと、警察の人間が島にいるっていう安心感を持たせることで、あの子たちが自棄《やけ》を起こして予測不能な事態にならないための安全弁ってわけよね」

　麗華の補足説明に続いて、鷺沢が比呂に「よろしく」と握手を求めた。

「まっ、短い間ですがね。あっ、それと、昼間言った前言撤回は撤回しておきます。この島に来たのは、本当に静養みたいなもんですので」

　友好の印であるはずの握手の最中、別に双方共に汗をかいていないのに、比呂はヌルリとした粘着質な感触を鷺沢の掌《てのひら》から受けた。

（この島で行われている凌辱劇は、一つのシステムといっていいほど確立されているってことか。警察の人間を、それも警視の地位にある者を巻き込むほどに。けど、女を凌辱するだけにしては大げさすぎないか？　何か別の意図が……）

黒田たちを裏切る気はないが、自己防衛本能が働いたのか、比呂は疑問を持つことをどうしても禁じえなかった。

# 第二辱　千砂の章

「あ、あのさ……ちょっといいかな、千砂さん」

千砂が島に来てから数日が過ぎる間、比呂は何度その類《たぐい》の言葉を口にしたことだろう。

以降の会話の展開もまた、ほとんど似たようなものだった。

「……何かしら」

「なんていうか、その……千砂さんのこと、知りたいわけで……とりあえず、話でもしてみないかな」

「そう。でも、私《わたし》はあなたと話すことなんかないわ」

全《まった》く取りつく島もない様子は、以前美樹がフォローしたように比呂限定というわけではなく、千砂は他人と最低限しか接触を持たない、よくいえばクールな性格だった。

そのこともある意味、比呂に災《わざわ》いした。

人見知りしない性格の楓や、親身になって身の回りの世話をする美樹からも、千砂についての情報がろくに得られなかったからだ。

ここ数日で分かったことといえば、千砂が聖蘭《せいらん》女子大の経済学部に通う学生で、浪人や留年をしていなければ比呂と同じ年……らしいというくらいだった。

黒田の力を借りればもう少しは詳細な千砂のプロフィールが手に入るだろうが、早くも二人目にしてそうするのは弱みを見せるように思え、比呂は頭からその案を消去した。

(どうして、あんな女がリゾート地のモニターのバイトなんて……もしかして、この島な

ら他人との接触が少ないから、なんて身も蓋《ふた》もない理由だったりして)

発展性のない詮索をしていても、何も始まらない。

この日も朝食後にはすぐに千砂の姿を追って、比呂は島中を歩き回っていた。

千砂は人との接触を拒んでいても、自分の部屋に閉じこもりきり、というわけではない。

何かあれば「あ〜あ、暇だなぁ」を連発する楓よりも、千砂は遥《はる》かに島の散策に、つまりここをリゾート地にするために選ばれたモニター役としての仕事に熱心だった。追いかけるのに苦労している比呂としては、それが無駄《むだ》な行為だと教えてやりたい気分だ。

「はぁ、はぁ……ふぅ〜、今では先に来ていた俺《おれ》よりも、この島の地理に詳しいんじゃないかな……おっ、いた、いた」

浜辺でようやく千砂の姿を見つけた比呂は、荒くなった息を整えると、例のお決まりの台詞《せりふ》に少しだけアレンジを加えて声をかけた。

「千砂さん、偶然だね。ちょっといいかな」

「あら、あなただったの……」

アレンジ効果か、千砂からの第一声もいつもとは別バージョンだ。

「おや、意外そうな顔だね。もしかして、俺の誘いを待っていてくれたのかな?」

「前半部分のみ正解。この島では、私に話しかけてくるような暇な人はもういないと思っていましたから」

「暇人と思われるのは心外だな。まっ、それでもいいか。千砂さんと話ができれば」

きっかけが掴《つか》めたと比呂が喜んだのも束《つか》の間《ま》、「千砂さんの趣味は？」や「千砂さんはいつもどんな音楽を？」等の、ひねりはないが比較的答えやすい質問を彼がしても、千砂は全《すべ》て「……別に」の一言で返してきた。

千砂がモニターとしての仕事に真面目《まじめ》に取り組んでいるのならそれを突破口にと、比呂も自分の仮の仕事、カメラマンとしての話題を次のように振ってみても……。

「この島でさ、千砂さんが気に入った場所ってある？　できたら、参考にしたいんだけど」

「それを見つけるのも、あなたの仕事でしょ」

至極ご尤《もっと》も、反論の余地なしといった千砂の返答が待っていた。

（まったく、可愛《かわい》げのない女だ。こうなったらもう四の五の言わずに、今すぐここで犯してやるのも……）

それでは単なる強姦《ごうかん》、少なくとも例の『仕事』ではない。

自棄《やけ》にならずに比呂はなんとか会話を噛《か》み合わせようと、千砂について知り得ている情報、その中でも基本中の基本に立ち戻った。

前振り兼パフォーマンスとして、しゃがみ込んだ比呂は浜辺の砂を一度手に取って、それをサーッと潮風に乗せる。

「千砂さん……君の名前って珍しいよね。千の砂と書いて、千砂……ご両親はその名前にどんな願いを託したのかなぁ」

さすがに今度は千砂の口から「……別に」に類する言葉は出てこなかった。

それどころか、しばらくの間、「……」と無言で返事すらない。

千砂の口が開かれたのは、ピクリと形のいい眉《まゆ》が不快そうにひそめられた時である。

「名前なんて……名前なんて、どうでもいいことでしょ！　鈴森さん、これからはもう私に話しかけないでほしいわ」

そう言い残して、千砂は足早に比呂の前から立ち去っていった。

こうして、比呂はアイスドールと名付けていいほど表情の変化に乏しい千砂の牙城《がじょう》を崩すことに成功した。

しかし、それは『凌辱《りょうじょく》する相手とまずは親しくなる』という『仕事』の前提からすると、結局のところ、一歩進んで二歩下がったようなものだった。

仕方なく、その日の比呂は千砂にこれ以上話しかけるのを断念した。

今後の対策のためと称して、部屋でシャワーを浴びる前の一糸纏《まと》わぬ姿になった千砂の肢体《したい》を隠し撮りすることで、比呂は諸々の鬱憤《うっぷん》を晴らした。

透き通るような白い肌、重力に負けずお碗型《わんがた》に張り詰めた乳房、そして綺麗《きれい》に切り揃《そろ》えたようなデルタ型の恥毛に隠された慎《つつ》ましやかな秘所、それらをいずれ汚してやると心に誓いながら。

千砂を追いかける比呂の行動は、苦戦しているがゆえに頻度《ひんど》が増していたせいもあって、周囲の者たちの知るところとなっていた。

★　★　★

とりわけ気にしていたのは、楓だ。

ズバリその感情を言い表すなら、やはり嫉妬《しっと》であろう。

とはいっても、それをストレートに比呂や千砂へ向けるわけにもいかないので、楓は比呂以外では一番仲のいい美樹に相談する。

「美樹ちゃん、比呂くんってあの千砂さんみたいな、これぞお嬢様《じょうさま》って感じの美人が好みなのかなぁ。それとも、あのサラサラ、キューティクルのロングヘアが……」

聞き役である美樹は「どうでしょうねぇ……」と、夕食用のジャガイモの皮を剥《む》く手を止めずに、一見興味なさそうな風情だ。

ちなみに、楓が美樹の作業を「手伝おうか」と言い出さないのは、親切心に欠けているのではなく、自分の家事の実力を熟知しているからだった。

「美樹ちゃんは気にならないの？　好きとかそーいうんじゃなくて、やっぱ同じ女性としてのプライドや闘志みたいなもんが、こう、メラメラと……」

「メラメラ、ですか。それでしたら、サラサラの方が美樹は好きですね」

「いや、美樹ちゃん、そーいう話じゃなくて……」

相談相手を間違えたのかな、と楓が話を切り上げようと思ったまさにその時、美樹の口から重大発言が飛び出した。

「そうですかぁ？　でも、美樹はこう思っています。比呂さまは女の人を外見で好きになるような御方じゃないって」

「えっ……？　あの、それって……美樹ちゃん？」

「はいっ、皮剥き終了です！　今晩も美樹の料理、比呂さま、美味《おい》しいって食べてくれればいいなぁ」

美樹本人は思ったままのことを口にしただけなのだが、楓は千砂に続くライバルの出現をひしひしと感じるのだった。

★　★　★

美樹に相談したのが却《かえ》って逆効果になってしまった形の楓は、思いきって比呂本人に確かめようと、夜に部屋を訪れた。

「比呂くん、正直に言って！　千砂さんのこと、好きなの？　それとも……」

と、いくら元気娘の楓でもいきなり詰問する図々しさはない。

適当な話題による世間話から始め、親しい男女間ならではの少しエッチな話を交えつつ、楓は核心に近づいていった。

「比呂くん……やっぱさ、男の人ってラブラブな関係になる相手には……そのぉ……初めての子の方がいいのかなぁ」

　ここまで楓の真意を計りかねていた比呂は、その質問にようやく糸口を見つけた。だから、それをはっきりさせるためにも、ワザとボケを入れてみる。

「はぁ？　楓ちゃん、初めてって、初恋かどうかってこと？」

「違〜〜う！　比呂くんってば、天然？　それとも、実はサド？　も〜う、はっきり言うよ！　比呂くんは好きな子にはバージンでいてほしいってタイプ？　どーなのよぉ！」

「ちょ、ちょっと、楓ちゃん。いきなりそんなこと聞かれても……」

　恥ずかしさで顔を赤くしながらも、ある種、キレてしまった楓は探りを入れる段階を飛び越えて、問題の追及を開始する。内容は支離滅裂だったが。

「例えば、ほら、千砂さんとか箱入り娘って雰囲気《ふんいき》ビシバシ出してるでしょ。だから、まだバージンじゃないかって……あっ、そーじゃない。そーじゃない。別にアタシは特定の人物がどうのこうのって言いたいわけじゃないんだからね」

　楓が千砂に嫉妬していることを、そして自分が処女ではなくなったのを気にしていることと、その二つの事実を知って、比呂は次の行動を決める。

（そういえば、千砂を落とすのに躍起になっていて、近頃《ちかごろ》は楓をあんまり構ってやれなかったな。ここはフォローの一つも入れておくか）

　比呂の考えるフォローとは、二度目の凌辱という最悪な形を取っていた。

【お前の記念写真をネットにばら撒《ま》く。嫌なら、今日の午後十一時にあの洞窟《どうくつ》に来い】

部屋に投げ込まれた、以上の文面の手紙。

★　★　★

その呼び出しに逆らえず、楓は勇気を振り絞って深夜の浜辺に足を運んでいた。

月光が届かない洞窟内にはさすがに入っていく度胸のない楓は、その入り口辺りをうろうろしていたのだが、指定された時間を三十分以上過ぎても顔を隠した謎《なぞ》の男、すなわち比呂は姿を見せない。

「このまま来なければいいのに……そーよ、きっと来ないんだ。あの手紙はなんかの間違いで、あの日ここで起こったこともアタシの錯覚みたいなもんで……うん、帰ろう！」

無理やり自分をそう納得させ、屋敷に向かって砂浜を走り出そうとした楓の背後で、自然が奏《かな》でたのとは違う大きな水音が立った。

「おやおや、ネットに写真をばら撒かれてもいいのかな。とんでもない露出狂女だ」

ザブンと海の中から現れたのは、例の目出し帽《ぼう》に海パンという格好の男、比呂だ。

かなりマヌケな姿だが、それゆえに楓の目には異形の怪物のようにも映り、「ひっ……」

と短い悲鳴を上げて彼女は恐怖に立ち尽くす。

海の中で楓が諦《あきら》めて去りかけるのを根気強く待っていた、比呂の意外な登場の仕方は、どうしても一度目の凌辱よりも弱まってしまう彼女のショック度を補完するためだった。

同時にそれは、ルーティーン化しないよう凌辱する側の比呂の緊張感を保つ意味もある。

「さあ、深夜限定、大人《おとな》の海水浴を楽しもうぜ」

有無も言わせず、比呂は波打ち際の砂浜に楓を押し倒した。

途端に海水に濡《ぬ》れてべったりと肌に服が貼《は》りついたことにより、下着や体の線が露《あら》わになった楓は、ぼんやりとした月明かりの効果もあって実に煽情的《せんじょうてき》だ。

「クックックッ……これなら、アソコが濡れてるかどうか見ただけじゃ分からないぞ。だから、恥ずかしいとか思わず存分に感じていいんだぞ」

そう言って楓に覆い被《かぶ》さった比呂は、唇で乳首を吸い、手の指で脇腹《わきばら》や背中の性感帯部分を弄《いじ》り、もっこりと海パンを隆起させた肉棒で秘所を摩擦《まさつ》し、全身で楓の体を愛撫《あいぶ》し始める。全てが服越しである点がされる側の楓に異様なシチュエーションだと感じさせ、これが凌辱だという認識を高める。

「やぁああ……写真は……前の時に撮った写真の件は……」

「ああ、そのことか。とりあえずネットへの配信はしないでおいてやる」

「と、とりあえず、って……それじゃ、話が……」

「ん？　焼き増し、してほしいのか？　それとも、ケータイの待ち受け画面にでも」

比呂の揶揄《やゆ》に否定の声を上げようとした楓の口は、痛みを訴える悲鳴に邪魔された。

まだ閉じている楓の秘裂に、比呂の指が無遠慮にねじ込まれたのだ。

「痛いっ！　まだ、そこ、痛いの。痛いんだってばぁ！」

「ほぉ……俺様とのエッチが忘れられなくて、オナニーでもやりすぎたか？」

「ち、違うわよっ！　まだあの時の傷が残ってて……ひぐっ！　それに……あんなのエッチじゃない。エッチは好きな人と……あぐぅぅぅっ！」

楓の拒絶に構わず、比呂は容赦なく指を秘所へとピストンし、加えて膣内《ちつない》に海水が侵入して破瓜《はか》の傷口に沁《し》みたせいで、楓を襲う痛みは更に増していた。

「ひぐっ……ひぐっ……お、お願いします……本当にそこは……」

「な〜んだ、そーいうことかよ。つまり、お前は前回のマ○コに続いてこっちの口を犯してほしいと、フェラを覚えたいってわけだ。どうしようもない、淫乱女《いんらんおんな》だな」

勝手に結論を出した比呂は海パンからイチモツを取り出すと、既《すで》に屹立《きつりつ》を果たしているそれで楓の頬《ほお》をペシペシと叩《たた》いた。

「いやぁっ！　やだ、そんなのを顔に……気持ち悪いよぉ……」

「ほら、その気持ち悪いのを咥《くわ》えるんだよっ！　それとも、やっぱり下の口の方がいいのか？　俺様も鬼《おに》じゃないから、お前に選ばせてやる」

しばしの葛藤《かっとう》ののち、楓はギュッと目をつぶっておそるおそる口を開いていく。

その緩慢な動きに任せるのをやめ、比呂はいきなり楓の髪を掴んで一気に肉棒を楓の口に突き立てた。

「あぐぅぅぅっ！　ぅぅぅぅ……んぐっ……」

「ただ咥えてるだけじゃ意味ないんだよ。ほらほら、頭を動かすんだ。唾液《だえき》を出して思いっきり吸いつけ。チ○ポに舌を絡めろ……お前の処女マ○コだってそれくらいやってたぞ」

これで秘所への挿入《そうにゅう》を逃れられるのだと信じて、楓は比呂のレクチャーに従い初めてのフェラチオに懸命《けんめい》に挑む。

嫌悪感や喉奥《のどおく》に突き立てられた時の嘔吐感《おうとかん》にも耐えた。

比呂がどこからか取り出した防水機能付きのカメラに、ペニスを頬張っている顔のアップを撮られる恥辱にも耐えた。

しかし、比呂の精神的凌辱はまだ続く。今度は淫語の強制だ。

「おい、お前。…………と言えよ。それでフィニッシュにしてやる」

「あなたの……太くて、固い……チ、チ○ポ……とっても、美味しい、です……グスッ」

「フッ……そーか、美味しいのか。けどな、味ってのは舌だけじゃなく、喉越しにも味わうもんだぞ。まっ、チ○ポを本当に食べさせるわけにはいかないから、これで我慢しろ」

比呂は快感のリミッターを外し、楓の喉奥へと精液を放った。

「んんんんーっ！　んぐっ……えぐっ……けほっ、ごほっ……やだぁ、まだ……」

初めてのフェラチオで精液飲み、オマケに顔射まで経験させられる、楓。

そして、やはりというか、この日の凌辱はそこでフィニッシュにはならず、楓はその後再度の膣出《なかだ》し付きのセカンドバージンも比呂に奪われた。

比呂は最初からそのつもりだった。トラウマによる嘔吐感への対策として、この日の夕食を抜いてきたほどなのだから。

★　★　★

二度目となる楓への凌辱を果たした、その翌日。

今回のそれに黒田の指示はなく、比呂の独断で動いた末の結果である。

朝食後、屋敷の庭にて、比呂が（さて、やはり黒田に報告しておいた方がいいだろうか）と思案していたところ、釣《つ》り道具を抱えて出かけようとしている鷺沢と遭遇する。

「ふむふむ……鈴森くん、昨晩はお楽しみだったようですね。匂《にお》いで分かります」

開口一番に鷺沢が言った『お楽しみ』とは、楓への凌辱のことなのは明らかだ。

「えっ……！　どうして、それが……いや、その……おかしいな。汗の匂いってシャワーは昨夜と今朝、二度も……」

「そういう匂いとはちょっと違います。一時、性犯罪者について重点的にプロファイリングしたことがありましてね。その経験則から感じる匂いですよ」

例の『仕事』の内容からすれば当然なのだろうが、鷺沢の発言は性犯罪者と同類と言っているようなものなのだから、比呂はあまりいい気分はしない。

その心理を見透かしたように、鷺沢は話題を変えない。

「性犯罪者といえば、あの蘇我って男の特殊な趣味なんか実に興味深いですね」

「蘇我の特殊な趣味？　ああ、前に麗華さんがいずれ分かるって教えてくれなかった……」

「生きている人間じゃ満足できない……いわゆる、死姦という趣味ですよ。通常は快楽殺人と密接な結びつきがあるのですが、彼の場合はそれと違ってもっと後天的な……」

反吐《へど》を吐くような蘇我の趣味の分析はともかく、そんな男と自分が一緒にされているようで、比呂はますます気分を害して、鷺沢に向かって少々嫌味な言葉を投げかける。

「さすがはエリート警視さんだ。精神分析も専門なんですね。でも、そんなに優秀な人がなぜ犯罪組織に手を貸してるのかなぁ……鷺沢さんって本当に警察の人なんですか？」

「そうですよ。僕がニセ刑事だとしたら、日本に警察組織は存在しないことになります。僕はね、鈴森くん、現場を知っているキャリア組を目指しているわけでして」

「現場……ですか。なるほど、現場にもいろいろありますよね」

比呂の皮肉にもいつもの笑みから表情一つ変えずに、鷺沢はしゃあしゃあとそう言った。

「そういうことです。それよりも……鈴森くん、相川千砂には気をつけた方がいいですよ」

「千砂に気をつけろ？　どういうことですか？」

鷺沢の説明によると、千砂の行動には何かを探っているような、不審なものが感じられるという話だった。

「まあ、時に捜査状況を混乱に陥れる危険性もある、刑事の勘ってとこですかね。……と、これで本日の僕の仕事はおしまい。あとはのんびり釣りを楽しむことにします。じゃあ」

言いたいことだけ言うと、鷺沢はスタスタとその場から立ち去った。

（確かに千砂とはまだろくにコミュニケーションが取れていない状況で、何を考えてるか分からないところも多々あるが……まさか、千砂も警察の者、潜入捜査官だった、なんてオチじゃないよな）

★　★　★

鷺沢の警告は正しかった。

以前とは違い、話をするためではなくこっそりと動向を探る形で、比呂が千砂を追ってみたところ、それを始めた一日目にして成果が上がった。

屋敷の一番奥まった場所にある、黒田の居室。そのドアの前で、千砂が中の様子を鍵穴《かぎあな》から覗《のぞ》いているという、これ以上ない不審な姿でもって。

（黒田の部屋に忍び込もうとでもしてるのか？　だとしたら、なんのために？）

比呂が千砂に気づかれないよう足音を立てずにその背後に近づいていくと、黒田の部屋の中から麗華の声が聞こえてきた。正確には、声に混じって荒い息遣《いきづか》いも。

「ああっ！　んん、あっ、あっ……いいわ、もっと強くクリトリスを……はぁああっ！」

続いて、麗華の喘《あえ》ぎを導き出している黒田の声も重なってくる。

「おい、俺の話をちゃんと聞いているのか？　もうじき、三人目もこの島に来る。引き続

き、女どもの監視を怠《おこた》るなよ」

「わ、分かってるから……だから、お願い……あなたのが欲しいの……早く入れてぇ！」

どうやら部屋の中では、昼間から黒田と麗華がお楽しみ中のようだ。

会話の流れからすると、今まさに黒田のイチモツが麗華に挿入されようとしている。

「あああっ……！　は、入ってくるぅ！　奥に当たるのぉ……突いて、アタシの子宮が壊れるくらい、黒田様の逞《たくま》しいモノで突いてほしいのぉぉ！」

「その前にもう自分から腰を動かしてるじゃないか。まるで発情期のメス犬だな」

「だってぇ……こんなアタシにしたのは他ならぬ……ひゃうっ！　だから、黒田様じゃないとダメなの……黒田様とするのが一番気持ちいい～っ！」

「ふっ……俺も、お前とのセックスは格別なものがあるな」

クライマックスへと近づいていく黒田と麗華の営みも気になったが、比呂はそれよりも彼には見ることのできない淫靡《いんび》な光景、それを鍵穴から見ているはずの千砂の様子に興味をそそられる。

瞬《まばた》きをすることも忘れたように一心不乱に中の状況を注視している千砂の瞳《ひとみ》は、少し潤《うる》みを帯びている。頬には当然赤味が差し、緊張から乾いた唇を湿らすべくチラリと覗いた舌がなんとも卑猥《ひわい》に見える。妄想による錯覚の可能性も否定しきれないが、比呂は千砂の全身からフェロモンの香りを知覚していた。

「……千砂さん、あんまりいい趣味じゃありませんよ、こういうのは」

比呂が耳元に息を吹きかけながらそう囁《ささや》くと、千砂はビクンと体を震わせた。

同時に手でスカートの股間《こかん》部分を押さえたのを見ると、千砂の秘所は自分でも分かるほど濡れていたのかもしれない。

「す、す、鈴森さん……！　わ、私は妙な声が聞こえたので気になって……それだけです。趣味とかそういった類のことでは……」

頬ばかりか胸元まで真っ赤に染めて慌てふためく千砂の姿は、普段が普段であるだけに比呂はからかわずにおれない。

「ということは……千砂さんは他人のエッチをナマで観賞するのは初めて、ですか？」

「当たり前です！　他人の、どころか、私自身、まだ……あっ」

自《みずか》ら処女であることを宣言してしまい、羞恥心《しゅうちしん》が限界を突破した千砂はこの場から逃げ出そうとする。すかさずその手を比呂が掴んだ。

「まあまあ、ここまで来たら俺に遠慮なんかしないで、最後まで見ていったら……」

「結構です！　この手を離してください！」

比呂も本気で止める気はなかったので、少しだけもみ合った末に千砂は解放された。

（ふっ……クールな仮面の下には、意外に純情なバージンの素顔とは定番だな……だが、千砂にノゾキの趣味がないのは勿論《もちろん》として、偶然覗いただけってのも怪《あや》しいもんだな）

千砂への不信感を拭《ぬぐ》いきれず、再び尾行を再開しようとした比呂は、足元に何か落ちているのに気づいた。

精巧な装飾が施された、比呂の素人目《しろうとめ》にも高価なものだと分かる、銀製のブレスレット。

それは、今さっきもみ合った時に千砂が落としていったものだった。

★　★　★

千砂への尾行の再開は必要なかった。

「あのぉ……鈴森さん、あなた、私のブレスレットを……古いものなのですが、銀でできたブレスレット、見ませんでしたか？」

少しして、そのように千砂の方から比呂を捜しに来たのだ。

「ああ、これのことかな？　俺も渡そうと思って千砂さんを捜していたところなんだよ。はい、どうぞ。さっきはよっぽど慌てていたんだね」

比呂がブレスレットを手渡す際に先ほどの件でからかってみたものの、千砂の耳にそれは全く入っていないようだ。取り戻したブレスレットを胸の前で大事そうに握り締め、千砂は今までに見せたことのない柔和な表情を顔に浮かべていた。

「……ありがとう、鈴森さん」

「あっ、いや、俺は単に拾っただけで……第一、それを落としたのも俺のせいで……」

「それでもいいんです。これは私にとって命に等しいもの、誓いの証……あっ、いえ、おじい様から頂いた、大事な宝物なのですから」

この出来事がきっかけで、千砂は比呂と少しだけ打ち解けるようになった。

千砂については相変わらず表情の変化も言葉も少なかったが、二人はいろいろと会話を交わすようになり、比呂は彼女についての情報を有用無用にかかわらず、いろいろと得ることができた。

「……おじい様に勧《すす》められて免許は取ったのですが、車がなぜ走るのか、正確な構造がまだ把握《はあく》できないので……」

という理由から、千砂は車の運転が苦手らしい。

その逆に得意であり、一番の趣味はやはりお嬢様なのか、乗馬であった。

「馬は心が通じ合えば、思った通りに走ってくれるから……」と。

好きな花はラベンダー。そのせいだろう、千砂の服も薄紫色が多かった。

それを聞いた際、比呂は千砂と次のような少々恥ずかしい会話を交わすこともできた。

「そっか……千砂さん、俺も好きだな」

「なっ……！　何を言い出すのよ、あなたはいきなり……」

「あはは、好きってのはラベンダーのことだよ、千砂さん」

だが、性格を推察する鍵となる要素、千砂の家族構成や生い立ちについては、しばしば話に出てくる祖父のこと以外、千砂は語ろうとしなかった。

そしてもう一つ、どんなに機嫌がよさそうな時でも、千砂は比呂にスナップ写真一枚撮らせることを拒んだ。

「あなたのお仕事は、この島の風景を撮影することのはずです」

「それはそうだけど……ほら、プロモーション用にも美しい風景に可愛い女の子が入っていた方が映えるし」

「それでしたら、楓さんに美樹さんと、被写体には事欠かないはずでしょ」

その話題を無理に続けると、以前の如《ごと》く、口もきいてくれなくなりそうな危険性があるほど頑《かたく》なな態度の千砂であった。

（それならそれでもいいさ。写真ならいずれ存分に撮ってやるんだからな。女として最も撮られたくない写真を）

その写真とは、千砂に対する『仕事』で撮影されるのはいうまでもない。

★　★　★

そして、その機会はすぐに訪れる。

【是非《ぜひ》とも御報《おしら》せしたい情報あり。明日の深夜零時《れいじ》、小屋の前にて待つ】

楓に対する二度目の凌辱の時と同様に、比呂は手紙で呼び出す手段を使った。

謎めいたその文面は、何やら千砂が不審な動きをしているのを逆手に取ったわけだ。

今回は前回と違って、「そろそろ、相川を襲え」という黒田の指令によるものだ。

加えて、凌辱する場所まで黒田は指定した。

「……蘇我の小屋の近くで犯せ。まだあいつを参加させる必要はないが、覗かせてやれ。たまには娯楽《ごらく》を与えてやらないと。暴発でもされたらまずいからな」

「暴発というと……死姦する相手を自らの手でつくってしまう……とかですか？」

「まあ、そうだ。命令に忠実なだけのああいうタイプの奴《やつ》に限って、暴発の危険は大きい。むしろ、たまには自らの判断で動く奴の方がその心配はない。鈴森、お前のように、な」

その発言からすると、黒田は独自の判断で比呂が楓を二度目に襲った件を察知しているようで、暗黙の了解を示したのだろう。

そして、千砂への手紙で指定した時間、午前零時。

屋敷へと至る山道、そこから少し外れた森の中にある蘇我が寝泊まりしている小屋の前には、周囲に目を配って警戒心を漲《みなぎ》らせている千砂が佇《たたず》んでいた。

夏という季節のせいばかりではない汗を、千砂は額に浮かべる。フーッとため息をついて彼女が長い髪をかきあげた時、その一瞬、周囲から視線を外したタイミングを狙《ねら》って、比呂は声をかけた。

「……うら若き乙女《おとめ》が一人こんな時間に外出とは、あまり勧められないねぇ」

「誰《だれ》っ……！　この手紙を寄越した人ね！　あの蘇我って男なの？　出てきなさいっ！」

全身黒ずくめの服のため、夜の闇《やみ》から滲《にじ》み出したように比呂が要求通り姿を現した。

「その背格好……蘇我じゃない。あなたは誰なの？　そんな妙なもので顔を隠しているのをみると、何か心に疚《やま》しいことが……それとも、私が見知った人？」

恐怖を押し殺して気丈に振る舞う千砂を見て、比呂はせせら笑う。

「クックックッ……心に疚しいことか。大いにあるね。これから疚しいことだってするぞ」

そう言って、比呂はおもむろに千砂の左胸を服の上からむんずと掴んだ。痣《あざ》ができるほど強く握られたその下では、恐怖を押し殺した証《あかし》に、心臓が大きく高鳴っていた。

「きゃああっ！　な、何をするの……やめなさい、放して……！」

「俺様は放してやってもいいんだが、それだとお前が困るんじゃないかな。手紙に記した情報が手に入らなくなるぞ」

比呂の手から逃れようともがいていた千砂の動きがピタリと止まった。

「どういう意味です、それは……」

「ただで手に入る情報に価値のあるものなんてない。それは世間の常識だろーが。俺様の情報の代価は……破瓜の出血大サービスってことで、お前の処女で手を打ってやる」

「な、な、何を言ってるんですの！　そのようなこと、承知できるわけが……わけが……」

比呂の淫《みだ》らな要求を耳にした直後は強い拒否を示した千砂の反応が、次第にフェードアウトしていく。それほどに千砂は情報を欲しているのだろう、彼女がどんな情報を必要としているかさえ見当のついていない比呂のデマカセとも知らずに。

千砂が貞操《ていそう》か情報かを決めかねて葛藤している隙《すき》に、比呂は彼女の背後に回って体を羽交い締めにすると、勝手にブラウスの前を開けて胸への愛撫を始める。

「さて、お嬢様はどんなブラジャーを……ふむ、色は純白とイメージが合いすぎて面白味に欠けるな。まあ、問題は中身だ……よしよし、なかなかのボリュームに揉《も》み心地だ」

「きゃっ、や、やめなさい！　私はまだ先の申し出を受けるとは一言も……」

「このくらいは手付け金さ。お嬢様だって気持ちよくなれば踏ん切りがつけやすいだろ。おやぁ？　乳首が固くなってきたぞ。本人より先に決心をつけたみたいだな」

「えっ……？　う、嘘《うそ》です。そんなわけが……」

そう、真っ赤な嘘だった。しかし、それがプラシーボ効果となったのか、比呂がブラをずらして直接乳首に刺激を与える頃には本当に固くせり出してきた。

「ふっ……この調子だと、もしかしてもう下の方も……」

比呂がスカートの下に手を潜り込ませると、ショーツ越しに千砂の女の部分が発する熱を彼の指は感じ取った。まだ表面に滲み出してこそいないが、膣内では愛液の分泌を始めているに違いない。

「おやおや、意固地なご主人様に比べて、マ○コは素直だな。ご褒美《ほうび》に指でこすってやるから、ちゃんとパンツに染みをつくるんだぞ」

クールな性格の反面、千砂の肉体は感度がよすぎるようだ。もしかしたら、そのせいでクールになろうとしているのかと思えるほどに。

比呂の指が少し弄っただけでクリトリスがポチッとショーツの生地を浮かせて隆起を始め、やがて先刻の宣言通り、じわりと淫汁が楕円の染みをショーツにつくった。

「うっ……さ、触らないで……私は決して気持ちよくなんか……ああっ……」

あくまでも体の反応を認めようとしない千砂に、比呂はショーツを剥《は》ぎ取り、そのクロッチ部分に付着した愛液の汚れを彼女の眼前に突きつけた。

「ほらよ、物的証拠だ。クンクン……お嬢様とはいえスケベ汁の匂いは普通の女と変わらないな。いや、普通よりもきつい匂いだ」

その屈辱的行為に殺気混じりの視線を比呂に送っていた千砂は、やがて目を閉じて天を仰《あお》いだのち、静かに口を開いた。

「……分かりました。取引に応じましょう。私の体、あなたの好きにするがいいわ。その代わり、あなたがこの島について知っている情報は洗いざらい喋《しゃべ》ってもらうわよ」

開き直ったのか、毅然《きぜん》とした千砂の態度が比呂は気に入らない。

「よしっ、商談成立だ……と言いたいところだが、その前に取引するブツがまがいものじゃないことを確認しないと、な。お嬢様よ、あんた、本当にバージンだろうな？」

「くっ……あなたという人はどこまで私を辱《はずかし》めれば……そうよ、私はまだ男性経験はないわ。男性相手にこんな風に肌を晒《さら》したことも、大事な部分に触れられたのも初めて、よ。

これで気がすんだかしら！」

残念ながら、比呂の千砂への嫌がらせはまだ済まない。

小屋の外壁に手をついて立ったまま尻《しり》を突き出すような体勢を、比呂は千砂に取らせた。

「クックックッ……そうしてると、『早くやってぇ〜』って男を欲しがってるみたいだな」

「無理やりさせておいて……あなたという人はどこまで下劣な……あぁぁ！」

スカートを大きくめくり上げられ、千砂は小さな悲鳴を上げた。ショーツは既に脱がされていたため、この状態だと尻の穴から秘所まで丸見えなのに気づいたのだ。

「その格好だと何をされてるか見えないだろうから、逐一実況してやる。さて、少し開きかけているマ〇コをこーして広げてやると……へっ、トロリと液が溢《あふ》れてきたぜ」

「いやっ！　言わないで……言わなくていいから……」

「ふ〜ん、さすがに処女だけあって形も崩れてないし、中は綺麗な色をしてるな。少しだけくすんだ色をしたケツの穴も、ここから大便を垂《た》れるとは思えないほど、可愛いもんだ」

実況にはアナウンスだけでなく、雰囲気作りのガヤも必要と、比呂は千砂の秘裂に舌を挿《さ》し入れてピチャピチャと淫猥な水音を立てた。

「はぁうっ！　くふぅ……まさか、あなた、舌を……ひぃぃっ……やめな……はぁぁ……」

「ご名答だ。こんなに濡れてるんだから、ただ太腿《ふともも》を伝っていくだけでは勿体ないんでね。さあ、重労働前の水分補給も済んだことだし、いよいよ開通式といこうか」

全く望まない形での処女喪失が間近に迫ったことで、自然と力が入って千砂の全身が硬直する。それが破瓜の痛みを増すことになると分かっていても、比呂はあえて何も言わない。なぜなら、彼は優《やさ》しい恋人ではなく、非道な凌辱者なのだ。

「分かるか？　今、俺のイチモツがお前のに当たって……しまった！　この体勢は失敗だったな。見せてやりたかったぜ。お前のが俺のチ○ポを咥え込んでいくサマを全て」

「能書きは結構ですから、さっさと……ひぐぅぅぅっ！　いいいいっ！」

比呂は何も言わずにいきなり腰を押し進め、千砂の処女膜を引き裂いていった。

千砂は処女膜どころか股間を中心にして全身が半分にされるような激痛に、ここまで堪《こら》えていた涙をこぼし、悲鳴を夜のしじまに轟《とどろ》かせる。

比呂が肉棒を根元まで挿入し終えても、千砂の苦痛に終わりは来ない。自らの快楽だけを追い求めて出し入れされる比呂の肉棒、特にカリの部分が傷ついた膣内を蹂躙《じゅうりん》する。

「どうだい、女になった感想は？　正直に『嬉《うれ》しい』とか言っていいんだぜ」

「ふ、ふざけないで……くっ、うぅぅっ……体はどんなに汚されても……私の心は決して屈しない……あうっ！　こんなことで私を思い通りにできるなんて……思わないことね」

「ＯＫ、ＯＫ。俺様も心なんてノー・サンキューさ。お前の体を存分に楽しめれば、それでいい。高慢ちきなお嬢様のコーマンを、な。クックックッ……」

パン……パン……パン！　比呂は腰の振り幅を必要以上に大きくして、肌と肌が打ち合う音を殊更に響かせる。少しでも千砂の屈辱感を増大させるために。そして、どこからか覗いているはずの蘇我へのサービスとして。

「なかなかの名器だよ、お嬢様のオ◯ンコは。ヒダヒダが中で絡みついてきて、膣出ししてほしいって訴えてるようだぜ」

「また、そんな戯言《たわごと》を……そうしたければすればいいわ」

「お前が『気持ちいい』って言ったら……いや、『あなたに処女を捧げられて死ぬほど嬉しいです』って言えば、外に出してやってもいいんだぜ」

「だ、誰が言うものですか……そのような約束、初めから守る気などないくせに」

さすがに単純な楓とは違って、人生経験の差だろう、千砂には比呂の意図はお見通しだ。

「ちっ、そんなに妊娠《にんしん》したいんだったらしょーがない。では、遠慮なく……うっ！　分かるかな？　お前の子宮に向かって精子が群れをなして出ていってるのが」

強がってはいても、見知らぬ男に膣内射精されて千砂も平気でいられるわけがない。

胎内《たいない》に熱いものが広がっていくおぞましい感覚に、気力を振り絞って耐える。

「はぁ、はぁ、はぁ……こんなことをして……私は許さない……絶対に……」

それでも泣きじゃくったりはしない千砂に敬意を表して、比呂はその気高きお嬢様の姿をカメラにおさめる。精液や破瓜の血で汚れたペニスを、おそらくは千砂本人も自慢であろう、艶《つや》やかな黒髪で拭うという侮辱を与えながら。

「なっ……！　何を写真なんか……今すぐやめなさいっ！」

「いいだろーが、写真くらい。俺様とお嬢様の関係が今ここに始まった記念さ」

「関係など始まりません。情報さえもらえば、金輪際《こんりんざい》、あなたなんかとは……」

「情報？　おいおい、まだ代価は半分しかもらってないぜ。俺はお前の処女をもらうって言ったはずだ。ケツの穴、アナルバージンがまだだろーが」

「そんな……騙《だま》したのね。酷《ひど》い……！」

今だけ耐えていれば……といった希望が消え、千砂の中で緊張の糸がプツンと切れてしまう。全身から力が抜け、遂に千砂は地面にガクリと膝《ひざ》をついた。

「騙したとは人聞きが悪い。まあ、お前がそう思うんだったら、それでもいいぞ。ただしその場合、俺が握っている……かもしれない情報は二度と手に入らないと心しておけ」

百パーセントハッタリの捨て台詞を残して、比呂は打ちひしがれる千砂の前から去る。

その途中で、茂みに隠れて一連の凌辱をピーピングし、地面に大量の白濁液を飛ばしていた蘇我の姿を見つけた比呂は、彼に釘《くぎ》を刺しておくのも忘れない。

「……おい、オッサン。いいチャンスだとか思って、あの女を襲うんじゃないぞ。まだ調教に入ったばかりだし、第一、これは俺の『仕事』だ。まあ、いずれは楽しませてやる」

蘇我は媚《こび》を含んだ視線で比呂を見上げ、何度も頷《うなず》いた。

「分かってまさぁ。それにしても、にーちゃん、やるもんだねぇ」

蘇我の介入を比呂が禁じたのは、本当に『仕事』を完璧《かんぺき》に実行するためなのだろうか。

(そうさ。下手《へた》な同情なんかじゃない。あの千砂でもう二人目なんだ。今更、どうこうしようと、女をレイプした事実に変わりはない……)

比呂の心中の呟《つぶや》きは、なんとなく自分に言い聞かせているようにも感じられる。

★　★　★

凌辱の翌日。楓のそれと比べて、千砂は処女喪失による股間の痛みを微塵《みじん》も感じさせない歩き方に代表されるように、凌辱後のリアクションは表面上は皆無だった。

「……千砂さん、昨夜遅くにどこかへ出かけませんでしたか？　日付が変わる頃、庭を出ていく千砂さんに似た姿を窓から見たんですが……」

試しに比呂がそうカマをかけても、「何かの見間違いでは……」と千砂は一切、動揺を見せなかった。

だが……午後になって一緒に島を散策中、何気なく切ったカメラのシャッター音に、千砂は過剰な反応を示した。

「そ、それをやめてください！　いえ、その……つまり、私との歓談中に別のことに気を取られるというのは失礼というもので……」

「あっ、ごめん、ごめん。カメラマンの悲しい性《さが》というか……でも、嬉しいな。千砂さんが俺との会話をそんなに大事に思っていてくれてたなんて」

「別にそういうことでは……私も少し言いすぎました。すいません」

珍しく殊勝な態度を千砂が見せたのは、自分がシャッター音に異様に怯《おび》えてしまった問題がうやうむやになったことでホッとしたからだろう。

無論、比呂は千砂の身に起きた現象の要因と結果を完璧に把握している。

（無理もない。スナップ写真すら嫌がる千砂が、あんな写真を撮られては、な）

他にも、例えば凌辱現場である蘇我の小屋の近くへと誘ったり等、千砂をネチネチといたぶる手はあったが、比呂はカメラマンとしての仕事があるということを理由にして、適当なところで彼女と別れた。

★　★　★

二人のターゲットの凌辱を済ませ、まだ三人目が到着していない、この日。

いわば比較的自由に動ける時に、比呂にはやっておきたいことがあったのだ。

（昨夜の千砂の様子には、自分が凌辱されるかもしれない可能性を頭に入れている素振りは見えなかった……ということは、千砂が探っているのは例の『仕事』についてではなく、もっと別の何かがこの島に……）

その推測がきっかけとなり、比呂は千砂の行動をなぞるように、この島についての探索に着手する。

まずは、島そのものにあらず、そこに存在する人に対して、である。

比呂はその対象に麗華を選んだ。ただのメイドでしかない美樹は論外、黒田は逆の意味で論外として、刑事の鷺沢相手では分が悪いし、蘇我では死姦の自慢話になりかねない、以上の理由からの選択だった。

無論、麗華とて油断のならない相手であり、比呂は慎重に事を進める。

「……麗華さん、二人目の千砂も落としましたよ。これなら三人目も楽勝だな」

屋敷の食堂で一人暇を持て余している麗華を見つけた比呂は、如何《いか》にも増長した調子で会話をしかけていった。

「ふふっ、たかが二人くらいで偉《えら》そうに。まだ三人目がどんな子かも分からないでしょ」

やや呆《あき》れた口調に、「こいつ、まだまだね」と言わんばかりの麗華の表情に、比呂は予定通りだと確信し、何気ない風を装って話を始める。

「そういえば、麗華さんは最近、この島の担当になったって話でしたよね。そんなに最近なんですか？」

「半年くらい前よ。この島は戦前から使われてるみたいだから、そういう意味ではホントに最近よね。黒田様の剣聖会が別の組に代わってここを仕切るようになったのだって、ほんの数年前のことだし」

「あのぉ……剣聖会の『剣』って、やっぱり黒田さんの名前、『剣治』の『剣』から？」

「そうよ。なんでも、組を興《おこ》した時の後見人と『組織』が相談して名付けたらしいわ」

「へっ？　今言った『組織』って、なんの組織なんですか？」

「『組織』は『組織』よ」

まるで禅問答《ぜんもんどう》のような会話である。麗華もよく知らないらしいが、剣聖会のバックには更に巨大な、『組織』としかその名称が分からない権力が存在しているということだった。

『組織』は、例の『仕事』の発注元でもあるらしい。

「まっ、その『組織』はともかく……俺がこんなことを言うのもなんだけど、いくらトップとはいえ、自分の名前の一部が名称に使われるのはちょっと恥ずかしいですね」

比呂が剣聖会の名称についての話題に戻すと、麗華も同意見なのか、クスッと笑った。

「普通、そうよね。黒田様も口には出さないけど、本心では嫌がってるみたいよ。当然よね。あの人だって、元はカタギ、外国とかを飛び回っていたフリーのカメラマンだもの」

「そうなんですか……って、えっ？　あの黒田さんが元はカメラマン？」

「嘘みたいでしょ？　でも、黒田様もあれで……」

残念ながら、屋敷の掃除を終えた美樹が食堂に姿を見せたことで、その時点で比呂と麗華の会話は打ち切られた。

（有用そうな情報は二つ……謎の『組織』の存在と、黒田の前歴。この点をもっと深く掘り下げていくには、やっぱり黒田に直接当たるのが早道だろうが……）

比呂はその道を今は選ばず、次の行動に移る。

今度こそ島自体の探索……というよりも、あるもののチェックだった。

（う～ん……こんな場所にも設置されてたのか）

そこは、楓を犯した場所でもある、海岸の洞窟だ。比呂はその岩肌の一部に巧妙に隠された監視カメラを前にしていた。

昨夜、千砂を凌辱した帰り道の森でのことだ。風景専門のカメラマン特有の洞察眼により、樹木に不自然に接《つ》ぎ木《き》された部分があるのに気づき、監視カメラが設置されているのを発見したことが、比呂をこういった行動に走らせていたのだ。

（俺が例の『仕事』の時に撮る写真と同様の意味で、映像として女たちの……いや、本当にそうだろうか、何か違和感を覚える。この島は単に女たちを凌辱するための場所ではないのでは……前にも感じたように別の目的が……）

監視カメラがありそうな場所を一つ一つチェックしていくうちに、蘇我の仕事であるゴミの焼却が行われている場所で、比呂は捨てられた表札らしきものを見つけた。『秋川《あきかわ》』と苗字《みょうじ》だけが辛《かろ》うじて判別できる。

一度屋敷に戻って比呂が門柱を確認してみると、表札が外された形跡はない。が、門柱自体が屋敷本体と比べると、つい最近新しく建《た》てられたように見える。

「不自然に外された表札……死体を犯す趣味を持つ奇怪な男……ヤクザとつるんだエリート刑事……訳あり風の妖艶《ようえん》な女……カメラマンの前歴がある暴力団のトップ……そして、

女たちが次々と処女を散らされていく凌辱劇……謎は多いな」

そう呟いたのち、比呂は苦笑した。自分がその謎を解く探偵役などではなく、単なる端役、真犯人がいるとしたらその陳腐《ちんぷ》な共犯者にすぎない立場を思い出して。

# 第三辱　恵の章

遂に、三人目のターゲットが島を訪れる。

彼女を乗せてきたであろう船が島を離れていく光景を、岬《みさき》から比呂と楓は眺めていた。

ここに誘ったのは楓の方で、やはりその目的は船を見ることにあったのか、比呂がいろいろと話しかけても生返事ばかりでじっと船影を目で追っている。

「……ウチに帰りたいな」

ポツリとそう洩《も》らした楓の表情に、ホームシックらしき寂しさは見えない。

むしろ無表情に近く、それだけに楓の抱える問題はその程度の問題ではないのだろう。

「楓ちゃん、やっと喧嘩《けんか》してた両親と仲直りする気になったみたいだね。俺《おれ》が黒田さんになるべく早く帰れるよう頼んでみようか？」

実現する可能性も、口にした比呂に実行する気もない提案である。楓も期待度ゼロなのか、話題を別の方向へシフトする。

「比呂くん、写真の方はどう？　いいの、撮れてる？」

「えっ？　あ、ああ、ぼちぼちってところかな」

「そーなんだ……じゃあ、この島って本当にリゾート地になるんだ……」

「それはそうだよ。そのために楓ちゃんがモニターとしているんじゃないか。今日だってもう一人……」

「そのため、か。そのためだったら、人を拉致《らち》してきてもいいのかな……」

「いいわけはない……って、えっ？」

いきなりの意味不明な問いかけに続き、楓の衝撃的な告白が始まる。

「アタシね、親と喧嘩してウチを飛び出したあと、街中をふらふら歩いてたの。そしたら、目の前に黒のバンが停《と》まって……男の人たちに無理やり車内に連れ込まれて……気がついたら、この島にいた……それで、モニターの仕事をすればウチに帰れるって言われて……」

いつの間にか岬から見える船影は、それが船とは分からないほど遠くなっていた。

「楓ちゃん……その話って本当なの？」

真剣な顔をつくって尋ねた比呂に向かって、楓はニカッと白い歯を見せる。

「嘘《うそ》だよ。決まっててんじゃん。今の話、ぜーんぶ、嘘！　一度でいいから、そーいう囚《とら》われの身のお姫様《ひめさま》みたいな悲劇のヒロインってやってみたいでしょ」

「そ、そうかな……でも、俺、びっくりしちゃったよ。楓ちゃん、演技力抜群！　すぐにでも悲劇のヒロイン役ならできるって」

納得した風の比呂だったが、今の話が楓のこの島に来た経緯だと確信していた。

(前に言ってた、楓の『不安なこと』ってのは、このことだったのか。拉致されて来たんだったら、そう感じても不思議じゃないな)

あまり落ち込まれては張り合いがないので、比呂は楓にフォローを入れる。

「そうだ。楓ちゃんがヒロインなら、便乗して俺がヒーローってことで、しっかり守ってあげるよ。何があっても、ね」

「さっきの話は嘘だって言ったでしょ。でも……ありがと、比呂くん」

言葉は軽いが、心の底から嬉《うれ》しく思ってお礼を口にする楓を見て、比呂は偽りまみれの励《はげ》ましだったはずなのに、内心忸怩《じくじ》たる思いであった。

リアルな現実では、さゆりを守ってやれなかった彼ゆえに。

そして、楓の話の中に比呂がどうしても気になってしまう部分があった。

(俺とさゆりが拉致されたのも黒のバン……楓の時と同じだ。偶然の一致か？　黒のバンなんてありふれてるよな……そう、ありふれてるけど……)

★　★　★

「あれっ、鈴森くん……？　鈴森くん、よね？」

「君は……そう、確か……杉本《すぎもと》！　杉本さん？」

三人目の餌食《えじき》となる予定の人物と対面した比呂は、素の驚きを隠せなかった。

肩までの長さの髪の一部、両耳の後ろのところを小さく三つ編みにした、眼鏡《めがね》をかけた女の子。スタイルもルックスも悪くないのにどこかオドオドした様子が大きくマイナスしている彼女、『杉本恵《めぐみ》』は比呂と同じ帝都芸大で美術を学ぶ同学年の、顔見知りだったのだ。

「どうして、杉本さんがここに……あっ、ごめん。すぐに名前、思い出せなくて。前にも確かこんなことがあったような……とにかく、ごめん」

「あっ、いいの。私《わたし》、ほら、地味で目立たないから、よくこんなことが……」

そう言いつつ、ショックはショックだったのだろう、恵は小さくため息をついた。

比呂の方は正直、それどころではない。

(杉本相手に『仕事』をしなきゃいけないのか？　これも偶然なのか？　別に他の女と差別するわけじゃないが、よりにもよって出身校が一緒だったとかでさゆりと親しかった杉本を……俺はそうでもなかったけど、あの杉本を……)

この島に来た夜に心を決めて以来、『仕事』への迷いを消し去っていた比呂にとって、これは初めての試練だった。

「鈴森くんと一緒だなんて、信じられない。これからよろしくお願いします」

気のせいか、若干頬《ほお》を染めながらそう言うと、恵は屋敷に用意されている自分の部屋へと去っていった。

実は、いつものように新しい滞在者を紹介しようと側に美樹が控えていたのだが、ここまで口を挟めず、いまだキョトンとしたままだ。

「あの〜、比呂さまはあの方とお知り合いなんですか？　もしかして、恋人さんとか？」

「同じ大学の顔見知りなんだけど……いや、本当にそうなんだ。別に他に意味は……って、なんか言い訳してるみたいだな。そう、本物の恋人相手に、ね」

「えっ……？　も、もう嫌ですわ、比呂さまったら。あっ、美樹、恵さまに食事のこととか説明しておかないと……失礼します」

これ以上は恵の件でややこしくならないよう比呂が口にした苦し紛れの冗談は、廊下を歩く美樹の足音をパタパタと軽快なものに変えていた。

★　★　★

（フン……色気のない下着だ。まあ、楓よりはそれなりの体をしてはいるが）

それは、たまたま部屋で着替え中の恵に遭遇した際の比呂のコメントであった。

しかし、千砂の時のように盗撮はしなかった。

恵を気づかったわけではなく、問題はやはり彼女がさゆりの知り合いだというところにある。

そのように依然《いぜん》として戸惑いはあったものの、結局のところ恵だけ特別扱いや手心を加えるわけにはいかない比呂は、例の如《ごと》くアプローチを始める。

「やあ、杉本さん。どうしたの？　こんなところでボーッとしちゃって」

「あっ……す、鈴森くん。やだ、変な顔、見られちゃったかな……実はね、このベランダからの風景を見てたら、無性に絵が描きたくなっちゃって」

「へえ、杉本さんって絵を描くのが好きなんだ」

「あ、あのぉ……鈴森くん、私、美術学科なんだけど……」

「へっ……？　あっ、ごめん。そうだったよね……って、なんか俺、謝ってばかりだな」

そんな具合に、比呂にとって恵は本当にただの顔見知りにすぎなかった。

しかし、それでも千砂の時のように苦労しなくてすむので、比呂は助かった。

（けど……こんなに明るい子だったかな。さゆりから聞いていた話では、もっと引っ込み思案で……「もっと積極的になりなよ」とか、さゆりがハッパをかけてたって……）

順調に進んでいたはずの恵とのコミュニケーションは、そんな違和感から徐々に歯車が狂い出した。

ある日の朝食のテーブルでは、こんな会話が交わされる。

「……鈴森くん、私と初めて会った時のこと覚えてる？」

「えっと……あっ、そうそう、さゆりが紹介するって学食に杉本さんを引っ張ってきたんじゃなかったかな。単なる表現じゃなくてグイグイって感じで。迷惑だったんじゃない？」

「いえ、それは……あっ、迷惑というよりも、私、あんまり男の人と話すの慣れてなかったから。でも、鈴森くんだけは優《やさ》しかったから……」

また、ある日の散歩中、森の中で……。

「……鈴森くんって、キャンパスではいつも沢山のお友達と一緒でしたよね」

「違う、違う。俺、友達つくるのは上手《じょうず》じゃないから、それはほとんどさゆり繋《つな》がりの知り合いだって。あいつ、交友関係を無闇《むやみ》に広げるのが趣味みたいなもんだから……そうだったから……」

「そうでしたよね。分かります。ホント、羨《うらや》ましかった……」

そして、ある日のバッタリ出くわした屋敷の廊下では……。

「あのぉ、鈴森くん、なんか今更って感じですけど、写真のコンクールで入賞したんですよね。遅《おく》れ馳《ば》せながら、おめでとうございます」

「えっ……あ、ありがとう。俺、プロになれればよかったからコンクールとかそういうのに興味がなくてね。けど、さゆりが『出しなさい』ってあんまりうるさく言うから出しただけで……」

「そんなことないですよ。私、その話を聞いた時は、なんだか自分が入賞したみたいに嬉しくなっちゃって……あっ、私、何、一人で舞い上がってるんだろ。馬鹿《ばか》ですね、もう」

「いや、そんなことは……」

仕方のないことだが、恵との会話にはどうしても今は亡きさゆりの名前が出てきてしまう。ふと感じる懐かしさが一瞬にして虚《むな》しさに変わってしまうことに、比呂は顔には出さなかったものの苛立《いらだ》ち始める。

(こいつもこいつだ。さゆりが自殺したのは知ってるんだから、少しは気を使えよな)

比呂の苛立ちの矛先《ほこさき》は、必然的に会話相手である恵に向けられた。

意外な場所における知り合いとの思わぬ出会い……そんなシチュエーションのせいなの

か、妙に思わせぶりに頬を染めたりする恵の態度も、比呂は不愉快に感じていた。

だからといって、その捌《は》け口《ぐち》として恵の凌辱《りょうじょく》に早急に着手するほど、比呂も冷静さを失っていない。

代わりに選ばれたのは、これが二度目となる千砂だった。

★　　★　　★

千砂の呼び出しには、前回と同じく手紙を使う。

指定した時間と場所まで同じにしたが、一つだけ比呂は特別な趣向を凝《こ》らす。

呼び出すエサとしての情報の件で、前回、アナルバージン云々《うんぬん》と騙《だま》してしまったため、千砂が呼び出しに応じない可能性もあったが、比呂は嫌な意味で彼女のことを信じている。

(何しろ、情報を得るためなら処女すら犠牲《ぎせい》にする女だからな。万が一にも俺が情報を持っていたら……と、そう考えてしまうはずだ)

その読みがズバリ的中し、珍しく比呂が先に来て待っている蘇我の小屋の前へと、千砂が木々の間を縫《ぬ》って現れた。手紙に記しておいた特別な趣向、ブラとショーツしか身につけていない恥ずかしい姿で。

真夏の夜なので寒くはないのだろうが、胸と股間《こかん》を少しでも隠そうと手で覆いながら体自体縮ませている千砂の姿勢は、比呂の嗜虐心《しぎゃくしん》を誘う。

「クックックッ……誰《だれ》にも見つからずにここまで来られたか？　本音の部分では是非《ぜひ》とも

見つけてほしかったりして、な」

「……人を辱《はずかし》めることにかけては、悪魔並みですのね、あなたは」

「酷《ひど》い言いがかりだな。俺は超能力者じゃないんだぜ。その格好で部屋を出て外を歩いてきたのは、全《すべ》てお前の意思によるものだ。ちゃんと選択の自由を与えてるんだからな」

一見筋が通っているようで、実は単に恐喝《きょうかつ》しているだけという比呂のディベート術に、千砂は付き合う気はなく話を進める。

「今日こそは知っている情報を喋《しゃべ》ってもらうわよ。それでこんな茶番劇もおしまいだわ」

「俺様流に今の言葉を訳すと……要するに、今日こそはアナルバージンを、ケツの穴も開発してくださいって意味でいいんだよな」

とことん淫《みだ》らな方向に話を歪曲させる比呂は、それに則したアイテムとして体を拘束《こうそく》するためのロープを取り出した。

「ちょっとだけ体を縛らせてもらうぞ。別にお前が抵抗しないようにって理由じゃない。単なる趣味だ。まっ、お前のつけてるブレスレットのようなもんだな」

「嫌よっ！　どうして、私が縛られないといけないの。大体、そのような汚らわしい目的のロープと、私のブレスレットを一緒にしないで！」

大事なブレスレットを引き合いに出したのがまずかったのか、千砂は強硬に拒む。

そこで比呂は、プライドの高い千砂には自分で選ばせることに大いに意味のあるいつもの作戦、選択肢《せんたくし》を提示する。

「うん、趣味の不一致ならしょーがないな。パートナーチェンジといこう。今は一時退去してもらってるここの小屋の主、蘇我氏にご登場願って……彼は死体を犯すのが趣味らしいから、俺様よりもお嬢様《じょうさま》との相性がいいかもな」

これを聞いて、蘇我を選ぶ女はいない。千砂もまた、然《しか》りだ。

「わ、分かったわよ……縛られればいいんでしょ、縛られれば！」

自棄《やけ》気味に承諾した千砂が、実際に腕と足を拘束されたのは屋外ではなかった。

四度目の凌辱にして初の屋内プレイは、蘇我の小屋の中にある粗末《そまつ》な風呂場《ふろば》で行われる。

縛られた千砂の体はそのタイルの上に無造作に投げ出され、そして比呂の持つシャワーでアナルホールの洗浄を受ける形で始まった。

「ひゃふぅぅっ！　そんな場所を広げないで……私、ここに来る前にシャワーを……」

それは衛生上の問題ではなく、尻《しり》の穴を他人に洗われるという行為でより千砂に恥辱を与える意味合いが強かったので、彼女の抗議はあまり意味を為《な》さない。

「う～む……やっぱ、シャワーじゃ限界があるな。ここは正式な手順である浣腸《かんちょう》を……」

アナル洗浄後、ブラとショーツを半脱ぎ状態にされ、乳首や秘所をクリクリと悪戯《いたずら》されていても、特に拒否の声を上げずにぐったりと横たわっていた千砂も、『浣腸』という過激な言葉には反応しないではおれない。

「あ、あなた、自分が何を言っているか分かっているの！　いつまでも私が大人《おとな》しくしていると思ったら……！」

「ジョークだよ、ジョーク。スカトロは先の楽しみに取っておくさ。その代わり……」

比呂が持ち出してきたのは、秘所用よりも若干細めのアナル用バイブである。

「これなら病気に感染することもないからな。ピンチヒッターには最適だ」

千砂からすれば、浣腸よりもマシ程度の、どちらにしても不幸だった。

比呂はこれ見よがしにペロペロと舌でアナル用バイブを舐《な》めて、潤滑油としての唾液《だえき》をたっぷり塗りたくると、少しも躊躇《ためら》わずに千砂の尻、放射線状のシワの中にズブリと淫具《いんぐ》を埋没させていった。

「ひぐぅぅぅっ！　む、無理よ。痛い！　お腹《なか》が……私のお腹がぁぁぁっ！」

千砂の体に気を使わない比呂の非情さが、意外とすんなりバイブの挿入《そうにゅう》を成功させた。

バイブのスイッチが入り、「ブブブ……」という振動を始めると、それに合わせて千砂の口からも間断的に短い悲鳴が飛び出した。

「どうかな？　この前、俺様に犯された経験が生きて、初めてのアナルでもそれなりに感じられるだろ？」

「くぅぅぅっ……そんなわけないじゃない。感じてなんか……」

「この前、気持ちいいとは言わなかった嘘つきのお前には聞いてねーんだよ。俺が話しかけてんのは、ビンビンの乳首やヌルヌルのマ○コに向かって、だよ。お前は黙ってろ！」

「何を馬鹿なことを……狂ってるわよ、あなたは！」

比呂は千砂の口を物理的にも黙らせようと、股間の勃起《ぼっき》を突っ込んだ。

「うぐぅっ！　んぐっ、んんんん……」

「俺様のイチモツを噛《か》みやがったりしたら、バイブで腸を突き破ってやるからな」

そう脅《おど》して愛息の安全を確保すると、比呂は千砂の髪を掴《つか》んでのイラマチオと、バイブの抽出《ちゅうしゅつ》を連動させ、上下同時に千砂を責め立てる。

決して望んではいないのに、尻から来る激痛に耐えようとするたびに口の中のペニスに強く吸いついてしまうのが、千砂は悲しかった。

「クックックッ……お前から見ればバーチャル3Pだな、こいつは。いずれ男二人を同時に相手することもあるだろうから、せいぜい慣れておくんだな」

そして、フィニッシュの瞬間だけポジションを交換し、比呂は千砂のアナルバージンを奪うと同時に射精を果たした。

ペニスが尻の穴から抜かれるとすぐにゴボゴボッと下痢《げり》の際の大便の如く精液が逆流したことや、先ほどまで尻に入っていたバイブを口に咥《くわ》えさせられたことが見えないヤスリとなって、千砂の理性を削り取っていく。

トドメは、その全てを例の如くカメラで撮られたことだ。

郵 便 は が き

料金受取人払

杉並局承認

1071

差出有効期間
平成16年
8月1日まで

166-8790

東京都杉並区梅里2-40-19
ワールドビル202
株式会社 パラダイム

PARADIGM NOVELS
愛読者カード係

| 住所 〒<br><br>TEL ( ) | | |
| --- | --- | --- |
| フリガナ | 性別 | 男 · 女 |
| 氏名 | 年齢 | 歳 |
| 職業·学校名 | お持ちのパソコン、ゲーム機など | |
| お買いあげ書籍名 | お買いあげ書店名 | |
| E-mailでの新刊案内をご希望される方は、アドレスをお書きください。 | | |

# PARADIGM NOVELS 愛読者カード

このたびは小社の単行本をご購読いただき、ありがとうございます。今後の出版物の参考にさせていただきますので、下記の質問にお答えください。抽選で毎月10名の方に記念品をお送りいたします。

●内容についてのご意見

●カバーやイラストについてのご意見

●小説で読んでみたいゲームやテーマ

●原画集にしてほしいゲームやソフトハウス

●好きなジャンル（複数回答可）

□学園もの　□育成もの　□ロリータ　□猟奇・ホラー系
□鬼畜系　□純愛系　□ＳＭ　□ファンタジー
□その他（　　　　　　　　　　　　　　　　　）

●本書のパソコンゲームを知っていましたか？　また、実際にプレイしたことがありますか？

□プレイした　□知っているがプレイしていない　□知らない

●ご自由にメッセージをどうぞ

ご意見、ご感想はe-mailでも受け付けております。 info@parabook.co.jp まで

「……お嬢様よ、なかなか貴重な経験だっただろ。ふっ、前と後ろのバージンを奪われて、お嬢様って呼び名はないか。大負けに負けて、元・お嬢様がいいところだろうな」

「はぁ、はぁ……私はお嬢様なんかじゃないから……どうとでも呼びなさいよ……それより、情報を……私は約束通り、全てをあなたに……」

この状態でも情報のことを忘れていないのだから、千砂の執念も大したものだ。

「ああ、この島の情報だったな。いいか、驚くなよ。この島はな……もうすぐリゾート地になるらしいぞ。その利権にはなんとかってヤクザの組織も絡んでるって話だ」

「そ、それだけ？　嘘でしょ？　そんな情報のために、私は……」

この島にいる者なら誰でも知っている、しかも実は偽りの情報に、ギリギリのところで保っていた意識に限界が訪れ、千砂は気を失った……。

★　★　★

（今更だが、後ろの穴とはいえ、この前、千砂を犯した時にはいつもの拒絶反応、吐き気がしなかったな……俺もいよいよ蘇我の域に近づいてきたのかな）

先日の凌辱のことを思い出し、比呂が自嘲《じちょう》気味の笑みを浮かべた、その日。

狂気の世界に比呂が足を踏み入れたのを祝うように、島の天気は荒れ、遂には嵐《あらし》となる。

「わ～お！　比呂くん、なんかさ、こーいうのってワクワクしてこない？」

一人はしゃぐノーテンキな楓は例外として、珍しいことに常に冷徹な男、あの黒田が舌打ち混じりに若干動揺を見せていた。

「……まったく面倒なことになったものだ」

嵐が通りすぎたのちに、黒田を焦らせていた原因を比呂は知る。

嵐の際、それに巻き込まれた一隻《いっせき》の釣《つ》り船《ぶね》と釣り人が一人、この島に漂着したらしい。

釣り人の方は既《すで》に息を引き取っていたため、あとは処理するだけで問題なかったのだが、釣り船の方は死人に気を取られた蘇我のミスで確保できなかったということだ。

（下手《へた》に外海に出てしまって別の船にでも見つかってしまった場合、この島にも海上保安庁とかから余計な介入があるかもしれないと……いや、それよりも、あの三人の女たちもしくは俺が発見して逃亡手段にされる方がまずいんだろうな）

比呂の読みが当たっている証拠に、楓たち三人にこの件は一切伏せられていたし、比呂も釣り船の捜索は命じられなかった。

致命的な失敗を犯した蘇我に対して、黒田の烈火の如き叱責《しっせき》も予想できたが、意外にも黒田より麗華が蘇我を厳しくなじる。

「このクズっ！　こういう時のためにあんたを雇ってんだろ！　大方、死体に夢中だったんだろうが、まったく死人なら男も女も見境なく……いいかい。もし、このまま船が見つからなかったら、今度はあんた自身が死体になるんだからねっ！」

すっかり恐縮して土下座までし始める蘇我の頭部に向かって、麗華は容赦ない蹴《け》りを食らわす有様《ありさま》で、慌てて鷺沢と比呂が止めに入るほどだった。

蘇我が転がるように屋敷の外へと走り出して釣り船捜索に出かけたあとも、怒りのおさまらない様子の麗華に対して、比呂はあえて火中の栗《くり》を拾いに行く。

「あのぉ、麗華さん……ちょっと蘇我さんに厳しすぎやしませんか？　船が漂着した場所って岸壁だったんでしょ。蘇我さん一人じゃどうしたって……」

比呂の体を貫く迫力で、麗華の眼光がギロリと向けられた。

「あんたも他人事みたいに言ってんじゃないわよっ！　アタシはね、誰かのミスのとばっちりを受けるのはごめんだからね」

「まあ、それはそうなんでしょうけど……」

危機感ゼロに見える比呂に、麗華は声量を落とした、されど凄《すご》みを増した声で告《つ》げる。

「黒田様はね、最もシンプルに人をその能力で判断するんだ。自分にとって使えるか使えないか……使えないって判断したら、あの人、切るの早いよ」

この島で最も黒田に近しい人物の言葉なだけに、それは説得力に満ちていた。

「それは……麗華さんに対してもそうなんですか？　俺はてっきり二人は愛人関係というか、付き合っているのかと」

比呂のあからさまな指摘に対する麗華の回答には、若干の間があった。

「あの人とアタシは……あんたの考えてるような関係じゃないよ」

『黒田様』と敬称を使っている相手についてのことなのに、麗華のその言葉はまるで吐き捨てるような口調だった。

★　★　★

嵐の日から数日後、その騒動の大元である釣り船……いや、実際に見るとボートに近いスケールのそれを偶然発見したのは、散歩とは名ばかりの監視カメラチェックをしていた比呂であった。

場所はこの島に幾つかある入り江の一つだ。他の漂着物で打ち上げられたボートが偶然覆われていたせいで、捜索していた蘇我は見逃してしまったのだろうか。

比呂は、ボートを更に人目につかないようカモフラージュしてその存在を隠した。

(今のところ、この島から脱け出す気も意味もないが、俺だけの切り札みたいなもんは持っていた方がいいからな)

その場所からの帰り道、比呂は鷺沢の姿を見かける。

初めて遭遇した場所でもある岬にて、日がな一日釣りばかりしている鷺沢を。

「……どうです、鷺沢さん。釣れてますか？」

「やあ、鈴森くんですか。この辺の魚はすれていないので楽勝かと思ってましたが、さっぱりですよ。被疑者を釣り上げる方が僕には向いてるのかな」

相変わらず感情の見えない、鷺沢の笑顔。

敵にはしたくない男だが、味方にするともっと厄介《やっかい》に思える。

「釣りもいいでしょうが……誰でもお好みで結構ですよ。鷺沢は「ははは、残念。実は僕は鷺沢さんもたまにはあの女たちで楽しんでみませんか？」

比呂が探りを入れるべくそう凌辱に誘ってみると、鷺沢は「ははは、残念。実は僕は筋筋金入りの男色家でしてね」とさらりとかわされた。

ところが、比呂も負けていない。

「ああ、そういう理由だったんですか。俺はてっきり黒田さんや『組織』に弱みを握られないよう、手を組んでいる相手とも一線を引いている……のかと思ってましたよ」

比呂の婉曲的《えんきょくてき》な指摘に、鷺沢はいつもの笑みの中に別の感情を仄《ほの》かに漂わせる。

「面白いことを言いますね、鈴森くんは。黒田さんはなかなか人を見る目があるようだ。僕も部下に欲しいくらいですよ」

しばし無言で腹の探り合いが続き、鷺沢の握る竿《さお》にヒットがあったのをきっかけに比呂はその場をあとにした。

鷺沢から何か探ろうとするのは危険だと、改めて認識したのが比呂の収穫《しゅうかく》だった。

★　★　★

その日の夕食後、千砂から比呂に「話があります」と声をかけてきた。

それも「できれば、二人きりで……」という意味深な条件に、比呂は自分の部屋に千砂を誘う。

（恵の登場で、今度は千砂の嫉妬《しっと》かな）

すっかり色男気分だった比呂は、二人きりになった途端、いきり立つ千砂の剣幕にいきなり出鼻を挫《くじ》かれた。

「あの恵さんって、あなたの友人なんですってね。どういうつもりなの、あなたは！　そのような人をどうしてこの島に……！」

「どうしてって言われても……別に俺が連れてきたわけじゃないし。本当さ。俺だって杉本さんが来てびっくりしたくらいなんだから」

恵の登場には比呂も正直困っていた部分もあったので、口にしたのは本音である。

だが、千砂の勢いに戸惑うその表情には、いつものように演技が混じっている。

（千砂……俺が見誤っていたのか？　こいつ、この島での『仕事』のことを……）

比呂のその推測を、千砂の次の言葉が立証する。

「鈴森さん、あなたは女性がこの島に送られてくるということが、どういうことなのか分かっていないとでも……」

「モニターとして、でしょ？　現代の商売の成功にはやっぱり若い女性の意見を取り入れるのが不可欠とか。そのことで何か問題があるんですか？」

比呂のきょとんとした顔、この島に来てからあたかも二重人格のように凌辱者の時とは使い分けている善人面に、千砂は欺《あざむ》かれてしまう。

「そう……美樹さんと同じなのね。あなたはこの島のことを本当に何も……もう、いいです。いきなり声を荒らげて申し訳ありませんでした」

ホッとしながらも、どこか気落ちしたような微妙な感情を顔に浮かべて部屋を去っていく千砂の背中に向かって、比呂は心の中で呟《つぶや》く。

（……本当は全部知ってるんだよ、千砂。何しろ、今夜、当の恵に対して、俺はお前の恐れているそれを実行するんだからな。それにしても……）

とにかく、千砂はこの島が女たちを凌辱するために存在していることを知っていた。

つまりは以前の比呂の読みが間違っていて、千砂は身の危険を承知であえてこの島に来たわけだ。そこまでする千砂の目的に、比呂は単なる好奇心を超えた強い興味を引かれる。

「……まずいな。今はその件を忘れないと」

比呂は、パチンと両の掌《てのひら》で頬を叩《たた》いて気合を入れ直す。

今から数時間後、比呂はこの世で最も愛《いと》しい存在だったさゆり、その友人をレイプしなければならないのだ。

★　　★　　★

恵の凌辱には、いつもの手紙による呼び出し方法に頼った。

いつもと大きく異なるのは、【大事な話がある】という文面の差し出し人を比呂本人にしたことだ。

恵を通してさゆりに感じる罪悪感、わずかに残っているそれを、自分が怪《あや》しまれるかもしれない危険を犯すプレッシャーで抑《おさ》え込もうというのが、比呂の意図である。

呼び出し場所は、島に来てからまだそれほど経っていない恵にも分かるように、屋敷へと通じる森の出口付近になっている。

「鈴森くん、来てるの……？　恵です。はぁ～、鈴森くん、まだ来てないんだ……待ち合わせ場所はここでいいのよね……うん、合ってるよ、合ってる」

夜に一人で人気《ひとけ》のない場所にいるのが怖《こわ》いのだろう、恵はやけに独り言が多い。

「……時間も場所も合ってるぜ、お嬢さん。だが、残念なことに肝心の差し出し人が合っていない。お前の望む、鈴森比呂じゃないんだな、これが」

そう告げて現れたのは、顔に目出し帽《ぼう》、全身黒ずくめとはいえ、比呂なのだから、実は差し出し人も合っている。

「えっ……どういうこと？　鈴森くんなんでしょ？　返事を……きゃぁあああっ！」

正体を見抜いたのではなく、ただ現実を直視するのを拒んでいる恵に向かって駆け出した比呂は一気にその距離を縮め、腕の中に彼女を捕まえた。

「い、いや……離してっ！　す、鈴森くん、助け……んむぅぅうっ！」

手足をばたつかせて必死に抵抗する恵の唇をねぶるように、比呂は奪った。そのまま少し口の中の感触を楽しんでから、比呂の舌はそこを離れて頬から耳元へと唾液をまぶしながら伝い、そして恵への囁《ささや》きが行われる。

「その鈴森くんとやらは今頃《いまごろ》、夢の中だろうよ。代わりに俺がお前を可愛《かわい》がってやるぜ。お前が鈴森くんにしてもらいたかったことを全て、な。まずは……」

比呂は片手で恵の手首を思いきり掴んで邪魔させないようにすると、もう一方の手でブラウスを引き裂いた。ボタンが弾《はじ》け飛んで、淡いブルーの色をしたブラがはだける。

「ほぉ、これが鈴森くん用の勝負下着か。色っぽさに欠けるので、評価はマイナス点だな。というわけで、こいつには早々にご退場願おう」

一瞥《いちべつ》しただけでブラは外されてしまい、その荒っぽさゆえに多少変形した乳房に比呂の手が伸びる。少し固さはあるが、薄桃色の乳首といいまあまあのサイズといい、こちらは辛《かろ》うじて合格点だった。

「いやぁああぁっ！　ダ、ダメ……やめて……やめてくださいっ！」

恵のその抵抗も、比呂が一度首に手をかけて絞殺を予感させる仕草を見せたあとはおさまった。地面に押し倒され、ブラウスやスカートを剥《は》ぎ取られる際も、「いや……」とか細い声を洩らしただけだ。

「クックックッ……乳首が少しコリコリしてきたな。さぞかし、こっちも興奮して……」

そう言いながら比呂の手が最後の砦《とりで》であるショーツに向かうと、恵もさすがに身をよじって抵抗した。

「ダメェエエッ！　そこだけは許して……私、まだ経験ないんです。だから……」

「ケッ、一生ずっとバージンでいるつもりじゃないんだろーが。現に、今夜、例の鈴森くんにバージン捧げよう、とかエロエロな期待充分でここに来たはずだぜ」

「ち、違います。私はそんな淫らな女じゃ……」

「嘘つくな！　ここに来る直前にシャワー浴びてきたんだろ。特に、このマ○コの辺りからはボディシャンプーの匂《にお》いがプンプンだぜ。随分と念入りに洗ったみたいだな」

図星だったのか、恵の全身がカァーッと赤く染まった。

「まっ、無駄《むだ》な準備だったな。俺は別に恥垢《ちこう》まみれでもそれはそれで楽しめたし、どーせ最後には愛液と精液と血がミックスしてグチャグチャになっちまうんだからな」

比呂の指がショーツを掻《か》い潜《くぐ》る。かなり濃いめの恥毛を掻き分けていくと、指は柔らかな部分に達した。まだ濡《ぬ》れてこそいないが、指で唇の周りを撫《な》で回すと、秘所は熱を帯びて柔らかさも増していく。

「うぅぅっ……そこは好きな人にしか……酷い、なんでこんな……」

「だったら、今すぐ俺様を好きになってもいいぞ。第一、お前の好きな鈴森くんにだって選ぶ権利はあるんだぞ。どーせ、片想《かたおも》いなんだろーが」

何気なく口にした比呂の嘲《あざけ》りに、痛いところを突かれた恵は固まってしまう。

（こいつ、本当に俺のことを……まあ、関係ないな。俺はもう誰かを好きになるなんてことは一生ないんだから……）

恵の自分への想いを却《かえ》って疎《うと》ましく感じた比呂は、彼女の両足を抱え上げ、ショーツもずらすとまんぐり返しの体勢を取った。

「きゃあっ！　いやぁ、こんな格好……恥ずかしい……やめてぇ！」

「ダメだ。こーすると、お前のがよく見えるんだからな。どれどれ、こーしてパックリと開けると……へっ、奥の方がイヤらしくヒクヒクと動いてるなぁ。クリトリスはまだ包茎ちゃんか。けど、サイズは標準よりかなり大きいぞ」

秘所に関する淫らな解説に、恵は目を閉じ、イヤイヤをするように激しく首を振ることで言いようのない恥辱を訴える。そして……。

「知らない……なんにも聞こえない……これって現実じゃないのよっ！」

「逃げてんじゃねーよ！　しょーがねぇ。お前に現実を分からせてやる。おい、この陰毛がびっしり周りに生えてる、ここはなんだ？　ほら、答えんだよ！」

比呂が指差したのは、おちょぼ口のような、恵の膣口《ちつこう》だ。

軽く一発頬を叩かれたのち、恵は現実に立ち戻って答えを口にする。

「……お、オシッコが出るところです」

「違《ちげ》ぇーよ。それはこの部分、尿道口だろーが。俺が指してるのは、その下だよっ！」

「うぅぅ……あ、赤ちゃんを産む……」

「バーカ！　その前にやることがあるだろ。チ○ポを入れる穴だよ！　ズボズボ出し入れされると、気持ちよくなる穴だろーが！」

言葉に合わせて、比呂は指をペニスに見立てて恵の膣口に手加減なしで出し入れする。

「あうっ！　い、痛い、痛いの……やめてぇ、本当に痛いんですぅ！」

「もっと優しくやれば、気持ちよくなるってか？　例えば、昨日の夜にベッドの中で例の鈴森くんのことを考えて、クチュクチュ自分で慰めてた時のように、か？」

恵の口が「えっ……」と驚きの声を洩らし、そのままポカンと開いたままになった。すぐに「そんなことしてません」と言い訳したが、もう遅い。

比呂が当てずっぽうで言ったことは的中していたようで、その時の自慰を思い出してしまった刺激と知られてしまった恥辱に、恵の膣口からトロトロと淫液が流れ出していた。

「クックックッ……調子が出てきたじゃねーか。潤滑油としてはまだ充分じゃねーが、俺様はお前の彼氏じゃねーからな。足りないぶんはこれで……」

比呂は恵から一度離れて立ちあがると、彼女の秘所に向かってペッと唾《つば》を吐き捨てた。

「ひ、酷い……いくらなんでもこんな……うっ、うぅぅ……」

あまりの仕打ちに涙をポロポロとこぼす恵は、ズボンを下ろそうとしている比呂の動作で改めて気づいた。これから自分が何をされるのかということに。

「ダメ……私の大切なものは鈴森くんに……ダメェエエッ！」

顔を隠した謎《なぞ》の男への畏怖《いふ》よりも比呂への想いが勝った恵は、ほとんど反射的に目の前の比呂を突き飛ばした。予想だにしていなかったその動きに、丁度パンツを脱ぎかけだったのも災《わざわ》いして、比呂はあっけなく転倒してしまう。

「うわっ！　お前、何を……！」

恵の不意打ちはこれもまた、予想不可能な事態を起こしていたのだが、当の本人、比呂は全《まった》く気づいていなかった。

何かを気づいたのは、恵の方だ。

「えっ……今の…は……」

恵の表情がサッと変わったのにも気づかない比呂は、ブザマに転んでしまった恥ずかしさを怒りに変えて、何一つ前振りすることなく、恵の処女を乱暴に奪った。

「ひぃぃぃいっ！　うぅぅっ！　痛いっ！　動かないで……お願い、もう少し優しく……」

「うるさいっ！　腐れマ○コに入れてもらえるだけ、ありがたく思えよな」

楓や千砂の時以上に激しく腰をピストンさせ、同時に恵の乳房を引き千切るが如く掴む凶暴な比呂を、恵はじっと見つめる。

「このまま、たっぷりと膣に子種を注ぎ込んでやるよ。後日が楽しみだな」

比呂がそう膣出《なかだ》し宣言をしても、恵は何も言わなかった。

「クックックッ……本当に処女だったんだな。鈴森くんには悪いことしたかな」

実際に膣内射精され、秘所から破瓜《はか》の血が混じった精液が流出する姿を見た比呂がそうなじっても、やはり恵は放心したかのように黙ったままだった。

だが、比呂が凌辱後恒例の記念撮影を始めた時だけ、恵はほとんど聞き取れないような小声で言葉を洩らした。

「……写真……やっぱり……」

何かを確信したように、恵はそう呟いた……。

★　★　★

（なんだ、この違和感は……そうだ、恵だ。レイプされて処女を奪われる状況にしては、少し抵抗が弱かったような気が……）

恵を放置して凌辱の現場を立ち去ってから少しして、比呂の脳裏に疑問がよぎった。

とりあえずこれで遂に三人目の凌辱を終えたのだと、比呂は頭から余計なことを振り払い、疲れた体を休めるべく屋敷の自分の部屋に戻った。

しかし、そこには黒田が待っていた。

「……鈴森。ここはひとまずご苦労と言っておこう。何はともあれ、第一段階は終えたのだからな。あの三人目の女、知人の杉本恵に対しても躊躇《ちゅうちょ》せずに」

「黒田さんから労《ねぎら》いの言葉なんて、逆に怖い気がしますけど……まあ、ここは素直に喜んでおきますよ」

「気を抜くな。まだ第一段階にすぎない。女どもにはこれから更なる絶望を与えねばならん。鈴森、ただ女を犯すだけではない男だと、俺に証明してみせろ」

そう言って、黒田は最後に何かを伝えるようにグッと比呂の肩を片手で掴むと、部屋を出ていった。

それを見送った比呂は、黒田が最初にかけてきた言葉から一つの事実を察していた。恵は偶然、この島に呼ばれたのではない。黒田があえて比呂の知り合いを凌辱するターゲットに選んで、覚悟のほどを試したのだということを。

(そこまでするのが、真の悪ってもんか……いいさ。俺も単なるレイプ犯でいる気はない。黒田剣治……まず目指すべきは貴様か……)

# 第四辱　美樹の章　その一

「クックックッ……ご招待に応じてくれてありがとよ。まっ、自分が犯されてる写真とネガを渡すと言えば誰《だれ》だって来るだろうがな」

「えっ……？　は、はい……そうですよね」

ぼんやりと明るい都会のものとは異なり、星々の瞬《またた》きがはっきりと分かる夜空の下。

一度目の凌辱《りょうじょく》からほとんど日を置かず、比呂は恵を森の中に呼び出していた。

他の二人、楓と千砂に合わせるよう、恵にも一刻も早く二度目の凌辱を与えてやろうという、比呂なりの配慮（？）なのだろうか。

もしくは、全《すべ》てを見透かして比呂をどこか舐《な》めているような黒田への反発心が発露した結果なのだろうか。

ともかく、比呂は恵に対する二度目の凌辱に取りかかろうとしている。

「おいっ！　いちいち言わなくてもどーしたらいいかくらい分からないのか？　脱げよ」

拒絶の言葉どころか戸惑いすら見せず、恵はゆっくりとワンピースのボタンを外し、脱いだそれを地面にストンと落とした。

樹《き》の幹《みき》を背にして立つ下着姿の恵に、木漏《こも》れ日《び》よりもだいぶ柔らかな月明かりが射《さ》し、一種幻想的な光景を作っていた。

だが、今、恵の前にいるのは、帝都芸大の学生だった比呂ではない。

「ケッ、相変わらず色気のねぇ下着だぜ。ブラにリボンなんてついてても、男は悦《よろこ》ばねーんだよ。本人が色っぽくねーんだから、ちょっとは頭、使えよな」

「あのぉ……下着は脱がなくてもいいんですか？」

「だからぁ、そんなことといちいち聞かなくても自分から……いや、待て。ブラは上にめくり上げた状態、パンツは少しずらした感じの、半脱ぎといこうか」

恵は言われた通りに実行した。剥《む》き出しになった乳首はこの異常なシチュエーションに興奮しているのか、ピンと張りつめている。下半身ではショーツが下ろされた瞬間、森を吹き抜ける風に濃い茂みがフワッと揺れる。

「クックックッ……これでやっと色っぽさも年相応になったってもんだ。好きな男にはその格好で告白してみるといいぞ。まっ、俺様《おれさま》的にはまだまだだから、次はそのままオナニーでもやってもらおうか。いつもみたいに……じゃないぞ。いつもより遥《はる》かに淫《みだ》らに……」

「……もう、やめよう。こんなことは……」

ここまで素直に従っていた恵が、いきなりそう口を挟んだ。それも、何やら比呂を諭《さと》すような口調で。

「はぁ？『やめよう』だと？　お前、自分を何様だと……」

突然のメス奴隷の反抗にいきり立つ比呂の耳に、続いて衝撃が走る。

「あなた……鈴森くんでしょ？　そうなんでしょ？」

「なっ……！　お、お前、何を馬鹿《ばか》な……その鈴森ってのはお前の好きな奴《やつ》のことだろー

が。はは～ん、俺にレイプされてとち狂っちまったな。この妄想女が！」

「誤魔化《ごまか》さなくてもいいよ。だって、この前の時……」

前回の凌辱後に比呂が抱いた違和感の正体、実はその時既《すで》に途中から恵は顔を隠した凌辱者が比呂だと気づいていたのだった。

原因は、比呂の声にあった。あの時もいつものように慎重に声をつくってはいたものの、突発的な事態、恵の不意打ちを食らって転倒した際だけはつい元の声に戻ってしまい、それを恵に聞かれてしまったのが比呂の命取りになったのだ。

「……聞き覚えのある声だって思ったら、すぐに私《わたし》には分かった。たとえ顔は隠してても雰囲気《ふんいき》だけであなたが鈴森くんだって」

全《まった》くの予定外の事態に、比呂はシラを切り通すしかない。

「ちっ、勝手にほざいてろよっ！　大体、変じゃねーか。自分をレイプした犯人が分かったんだったら、そいつを糾弾《きゅうだん》するとかいろいろと手が……第一、俺様に呼び出されて今ここに来てること自体、矛盾してるぜ」

「それは……だって、私……好きだったから……ずっと前から、鈴森くんのことが好きだったから！」

つい先ほど比呂が冗談で口にしたことが現実になってしまった、恵の告白だった。

「だから、もう鈴森くんにはこんなことやめてほしいの。なんでこんなことしてるのかは分からないけど、大元の原因はおそらく……ね、やめよう。今の鈴森くんを知ったら、天国にいるさゆりさんだってきっと……」

バシッ！　いきなり比呂は一切の手加減なしで恵を張り倒した。

地面に倒れ伏した恵を、目出し帽《ぼう》越しでも分かる比呂の憤怒の瞳《ひとみ》が見下ろす。

「……お喋《しゃべ》りの時間は終わりだ。お前が俺を誰と思おうと勝手にするがいいさ。もとより俺がやることは一つしかないんだからね」

そう冷たく言って、比呂はまだ充分に勃起《ぼっき》しきっていない肉棒を恵の口に押し込んだ。

「鈴森くん、やめ……んぐぅぅぅっ！　んむっ、んんんんっ！」

「ほらっ、ちゃんと舐めるんだよっ！　俺様はお前の好きな鈴森くんなんだろ。そのチ○ポだ。嬉《うれ》しくて涙が出るんじゃねーか。こいつが欲しくて欲しくて、毎晩、マンズリしてやがったんだろーが！」

いきなり口にペニスを咥《くわ》えさせられ、当然、フェラチオの経験は皆無の恵は、鼻で息をするのも忘れて苦しそうに呻《うめ》き声を上げるだけだ。

「あ〜あ、これじゃ鈴森くんだってガッカリだろうよ。チ○ポしゃぶりもろくにできねー女じゃな。このぶんだと、マ○コの締めつけにも期待はでき……ん？」

視線を恵の秘所に移していた比呂は目ざとく気づいた。先ほどは風にそよいでいた恥毛がべったりと肌に貼《は》りついているのに。そう、恵の秘所はこの状況で濡《ぬ》れ始めていたのだ。

「へっ、お前の思い込みも大したもんだな。鈴森くんのオ〇ンチンをおしゃぶりすると、すぐに私のアソコはヌルヌルになっちゃうの、ってか」

恵はペニスで口を塞《ふさ》がれたままフルフルと首を振り、目で「違うの」と訴えた。本人も自分が濡れてしまっているのは意外なのだろう。

「けど、残念だったたな。これが鈴森くんなら淫らなお前に感動してこのまま愛のあるセックスとかになだれ込むかもしれないが、俺様は違う。だから、お前が今、弄《いじ》ってほしいと思ってるマ〇コは無視して、こっちを……」

比呂は恵の尻《しり》たぶを広げると、その中央にある窄《すぼ》まりに指を突き入れた。

そして、無理やりにだが、なんとか一本、根元まで入れると、更にもう一本を……。

「うぐぅぅぅっ！　ううっ……むぐぅぅぅ……」

「おっ、ちょっと切れちまったかな。まあ、これでお通じはよくなるだろうから、プラマイ、ゼロってことで」

鬼畜《きちく》な発言の次には、口内射精が恵を襲う。

顎《あご》と鼻を比呂の手で押さえつけられ、一滴残らず飲み干す破目《はめ》になる、恵。

フェラチオという行為を知った時、男性の精液を飲むことなどとても信じられなかった恵だが、それでも「好きな人のなら平気なのかな」と思ったものだ。

その想像は今、思いもよらなかった最悪の形で実現した……。

正体を見破られても最後までシラを切り通し、凌辱も最後までやり抜いた比呂だったが、やはり動揺はしていた。

★　★　★

凌辱後、逃げるように屋敷へ戻った比呂は、その廊下にてようやく一息つく。

（さて、どうするか……いずれは正体を明かす段取りだったが、バレるのとバラすのとでは全く違う。もしも、この失態を黒田にでも知られたら……）

廊下に立ったままそんなことを比呂が考えていたら、ネコ柄の可愛《かわい》いパジャマを着込んだメイドの美樹がそこに姿を見せた。

「あっ、美樹ちゃん……そのぉ、ちょっと今夜はどうも眠れなくて……」

比呂を見るやいなや、美樹は怯《おび》えたような顔で後ずさりする。

「ひっ……！　あ、あ、あなた、どちら様です？　もしや、泥棒さん？」

「おいおい、泥棒扱いは酷《ひど》いなぁ。俺だよ、この顔、忘れ……あーーーっ！」

比呂は自分の失敗に気づいた。まだ目出し帽を被《かぶ》ったままだったのだ。

「あっ……その声は比呂さま、ですよね？　どうして、そんなお帽子を……」

オマケに、美樹は彼が比呂だと気づいてしまう。目出し帽男イコール比呂という図式が美樹の口から楓や千砂に知られでもしたら、もう全てはおしまいだ。

（美樹の口封じをしないといけない……そのためにはやっぱり……）

瞬時に心を決めた比呂は、顔の目出し帽を取って素顔を晒《さら》した。

「……そうだよ、美樹ちゃん。俺だよ、鈴森比呂さ」

「やっぱりそうでしたか。どうしたんです、こんな真夜中に。誰かとごっこ遊びでも？　でしたら、きっと比呂さまは悪人の役ですね。だって、どう見てもその格好は……」

「いや、役じゃなくて本物の悪人なんだよ、俺は。だから、こんな風に女を……」

比呂はいきなり美樹を抱きかかえると、そのまま自分の部屋へと連れ込んだ。

そうされてもまだ事態を把握《はあく》できていない美樹は、比呂の腕に抱かれたことでポッと頬《ほお》を染めたりしているだけで呑気《のんき》なものだった。

「あの～、美樹は悪人の比呂さまにさらわれてしまう役なんでしょうか？」

比呂がいつもの彼ではないことに美樹がやっと気づいたのは、無理やりファーストキスを奪われ、同時にパジャマの上から乳房を揉《も》みしだかれた時だ。

「んぐっ……はぁ……や、やめてください、比呂さま！　遊びにしてはやりすぎで……」

気づいた時にはもう遅い。いつもの凌辱者モードのスイッチがオンになった比呂は、嫌がる美樹の体を近くの壁に押しつけた。

一度は離れた唇がまた、重ねられ、比呂の舌は強引に美樹の舌にネットリと絡みつく。

そして、比呂の手はパジャマの下に潜り込み、美樹のたぷたぷとしたノーブラの胸に直接触れる。指がめり込むほどの美樹の巨乳ぶりに自然と揉む手に力が入り、胸の頂きに対しても指先でクリクリと弄《もてあそ》ぶ。

「んはぁ、んん……あなたは本当に……んふぅ……比呂さま、なんですか？」

「そうだ。いつもの俺、絵に描いたような親切で優《やさ》しい好青年、なんて方が嘘《うそ》だったんだよ。本当の俺はこうして無理やり女を犯すのが大好きな男なんだよ、美樹」

そう説明する間にも、比呂は美樹のパジャマの上下を剥《は》ぎ取り、パジャマとお揃《そろ》いなのか、ネコのプリントがされているショーツだけの姿に彼女をした。

「きゃあっ！　み、見ないでください、比呂さま。美樹、まだ誰にも見せたことは……」

美樹はしゃがみ込んで体を隠そうとするが、比呂はそれを許さない。

ブラをしていなくても型崩れしない理想的な巨乳。思わず頬ずりしたくなるボリュームを保ちつつキュッと上がったお尻。その二つを結ぶウエストはまるでコルセットでもつけているように、優雅な曲線を描いていた。

やや母性的な印象が強いとはいえ、美樹はあの三人の女たちを上回る、ナイスバディだ。

「その体を誰にも……つまり未経験とは宝の持ち腐れだな。本当か？」

「本当です！　美樹、まだ生娘《きむすめ》なんです。未通女《おぼこ》なんですぅ！」

「おいおい、いつの時代の人間だよ、お前は。まあ、いい。では、その邪魔っ気なネコには退場してもらって、まだ破られていないお前の膜を拝見させてもらおうか」

「邪魔なネコ？　美樹の膜？　比呂さまの言ってること、美樹には全然……」

『ネコ』がその柄のショーツ、『膜』が処女膜だと、美樹が気づいた時にはもう比呂の手で膝《ひざ》までショーツが下ろされ、彼女の秘所は丸見えになっていた。

「やぁあああっ！　美樹……美樹、スッポンポンに……見ちゃダメですぅ！」

両手は比呂に押さえられていたため、足を交差させてなんとか秘所を隠そうとする美樹を見て、比呂は上げられた方の美樹の足を抱え上げた。開脚状態にしてその根元に位置する女の部分をじっくり観察するために。

「おいおい、お前、これって自分で剃《そ》ったのか？　確かに見られるのは恥ずかしいよな」

美樹の秘所は産毛《うぶげ》みたいなものが申し訳程度に生えているだけの、いわゆるパイパンだった。赤みを帯びた花弁のはみ出しがなかったら、幼女のそれといってもいいくらいの。

「そ、剃ってなんかいません！　ずっと、こうなんですぅ。美樹だって悩んで……何度、お医者さんに相談しようと思ったか……」

「きっとオナニーのやりすぎだな。そのせいで磨耗《まもう》しちまったんだ」

「そ、そうなんですか？　週に一回ってやりすぎなんですか？」

品のない冗談を本気で受け取る美樹の天然ボケぶりに、比呂は苦笑した。

(こいつはどこまで……まあ、そのボケぶりに免じて、処女を奪うのは許してやるか)

凌辱の際には徹底的に非情になる比呂がそう決めたのは、これが例の『仕事』ではなかったから……だけではないのかもしれない。

「おい、美樹。セックスは勘弁してやるから、その代わりに……」

「本当ですか！　美樹、なんでもします。だって、美樹、生娘を卒業するのは、愛する旦《だん》那様《なさま》とのハネムーンの初夜にって決めてますから」

いちいち腰砕けしそうな発言をする美樹に、比呂は床に四《よ》つん這《ば》いになるよう命じた。

その眼前に位置するようベッドの端に座った比呂は、屹立《きつりつ》したペニスを披露する。

「わわっ！　どうしたんです、比呂さま。こんなにオ○ンチンを腫《は》らして……」

「おいおい、定番のボケだな。勃起だよ、勃起！　人のチ○ポを病気みたいに言うな」

「はぁ、これがそうなんですか……美樹、弟のしか見たことなくて……あっ、お風呂《ふろ》で、ですよ。ウチの弟、小学生になってもまだ頭を洗うの一人でできなくて……」

美樹と話していると何かどんどん和《なご》んでしまいそうな、比呂。比例してペニスが萎《な》えてしまいそうで、比呂は慌てて美樹にフェラチオを命じる。

「あのぉ……話には聞いたことあるんですけど、美樹、初めてなんで、どうやれば……」

そう言われれば仕方ないので、比呂は美樹に逐一指示を与えていった。

根が素直な美樹は、それが淫らな行為なのも忘れて懸命《けんめい》に指示に応《こた》える。

『舐めろ』と言われれば、特に嫌悪感も見せず丁寧《ていねい》に舌をペニスに這わせて……『咥えろ』と言われれば、喉奥《のどおく》まで飲み込んで、命じられていないのに口中では舌を絡ませ……

そして、『胸で挟め』とパイズリを要求すれば……。

「んしょ……んしょ……なんか、また、大きくなってますよ、比呂さまのオ○ンチン。それに、カチカチのポッカポカで……美樹、ちょっと可愛いかなって思ってきました」

擬音混じりのノーテンキな発言は興醒《きょうざ》めとしても、美樹のパイズリはその胸の弾力の凄《すご》さもあって絶品だった。ほどなくして、比呂に限界が訪れる。

「美樹……出すぞ。パイズリはもういい。もう一度咥えて……飲むんだ！」

「は、はいっ！　あむっ……んうっ！　んんんっ！　んくっ……んくっ……」

口中で射精を受け止めた瞬間は目を白黒させて驚いていたが、美樹はペニスを口から離すことなく、何度かの脈動と共に吐き出された精液を飲み干した。命令を忠実に実行するべく、最後の一滴までチュゥウウゥッとペニスから吸い取るようにして。

「ふはぁぁ……精液って苦いんですねぇ。どうして、これがあんなに可愛い赤ちゃんのもとなんでしょう」

比呂は「知るかっ！」という気分だった。単純に性欲は満足したが、少しも女を凌辱したという実感が湧《わ》いていなかったのだ。

(ちっ……こんなことで美樹の口封じができるのか？　ここはやっぱり処女を……)

再び貞操《ていそう》の危機を迎えているとも知らずに、美樹は比呂のペニスの後始末をしている健気《けなげ》なご様子で……いや、そうしながら何やら腰をむずむずさせていた。

「ん、どうした、美樹。俺のチ○ポしゃぶってて、興奮しちまったのか？」

「いえ、その……実は、美樹、部屋でお手洗いの途中だったもので……比呂さまと廊下でバッタリ会った時はトイレットペーパーが切れているのに気づいて倉庫に行こうとしていたわけで……今までうっかりそれを忘れてまして……」

比呂の唇がニヤリと歪《ゆが》んだ。

「ションベンの方なら許してやるぞ。ただし……」

そう言って、比呂は美樹を後ろから抱きかかえた。両足を広げた形に保つ体勢で。

そして、向かう先はドアの方にではなく、逆側の窓の方だった。

「きゃっ！　ひ、比呂さま、何を……どうして、窓なんか開けてるんですか？」

「まだ分かんないのか？　窓の外の芝生にもたまには肥料《ひりょう》を……って、ボケボケのお前にはストレートに言わないとダメだろーな。要するに、ここでションベンしろってことだよ」

「えーーーーっ！　で、できません、そんなこと！　いくら比呂さまの命令でも……！」

美樹は顔を真っ赤にして、比呂の手から逃れようとジタバタし始める。

「そーだよ、その言葉が、その嫌がる表情が欲しかったんだ。さあ、やるんだ、美樹！」

比呂は言葉による要求にとどまらず、指で美樹の尿道口をほじくり返すように刺激した。

美樹がじっとしていないせいで他の部分にまで指が及ぶ結果になり、尿よりも先に愛液の分泌が始まった。

「おいおい、俺が出せって言ったのはションベンだぜ。こんなネバネバした汁じゃないぞ」

「だって、それは比呂さまが……あっ、ダメ、出ちゃう……比呂さま、おトイレに……」

「ダメだ。俺が最後の瞬間までじっくり見てやるから、ここで出すんだ！」

「だから、それが一番恥ずか……ダメぇ、もう我慢が……いやぁあああっ！」

美樹の絶叫とほぼ同時に、放尿は始まった。

我慢していたぶん勢いが強くなったのだろう、見事な放物線を描いて黄金色の液体は夜の闇《やみ》に放たれていく。

「出てる……オシッコ、出ちゃってるぅ！　美樹、比呂さまの見てる前で……あああ……」

放尿を終えた瞬間、あまりの衝撃的経験に、美樹は軽くイッてしまった。

股間《こかん》からポタポタと垂《た》れた尿と愛液が、窓枠に染みをつくる。

それら一連の出来事をカメラにしっかりおさめていた比呂は、今度こそ満足していた。

★　★　★

アクシデントによる美樹への凌辱のせいで、比呂は肝心なことを失念していた。

レイプ犯の正体が比呂だと見破った恵の一件である。

「……鈴森くん、ちょっと話があるんだけど」

二人の女を凌辱した夜が明けて翌日になると、素の比呂に対して恵の追及が始まった。

「昨日の夜のこと……私、部屋に戻ってからもずっと寝ないで考えてたの。出た結論は、やっぱりこのままでいいわけがないって……」

「ちょ、ちょっと待ってよ、杉本さん。一体、何を言ってるのか、全然分からないよ。昨日の夜っていえば、俺、疲れてぐっすり眠ってたけど」

面食らったフリをしてひたすらおトボケを決めこむ比呂に、恵は彼とレイプ犯が同一人物であるという確固たる証拠を示した。

それは、二枚の紙片だ。一つは、凌辱者である比呂が恵を呼び出すために書いた手紙である。もう一つは、一度クシャクシャに丸められた跡のある、ノートの切れ端で、そこには【さゆりへ。ごめん。待ち合わせに一時間遅れる】と書かれてある。

「このノートの切れ端の方は、鈴森くんがさゆりさんに宛《あ》てた伝言メモよ。さゆりさんがゴミ箱に捨てたのを拾ってからは、私のお守り、宝物になってた……見て。この前、私に送られてきた手紙と筆跡が一緒でしょ」

ここまではっきりとした証拠物件を見せられては、比呂も自供するしかない。

「……そうだよ。俺だよ。お前の処女を奪って、膣《ちつ》にザーメンを流し込んでやったのは」

素の顔ではあまり見せたことのない乱暴な口調で、比呂は開き直った。

分かっていたこととはいえ、恵はそんな比呂を見るのが辛い。

「で、これから俺をどーするつもりだよ。婦女暴行で訴えようとしても、この島に警察はないぞ。おっと、刑事はいたんだったな。けどな、あの鷺沢は……」

「そんな気、最初からあるわけないじゃない……」

「へぇ、ありがたいねぇ。ひょっとして、前からレイプ願望があったりして。だったら、俺のやったことはまさに渡りに船だったわけだ。クックックッ……」

「鈴森くんがそんな風に変わってしまったのは、やっぱりあのことが……さゆりさんの自殺が原因なの？　だとしたら、私、言わなければならないことが……」

恵を小馬鹿にするようにヘラヘラと笑っていた比呂の表情が豹変《ひょうへん》する。

「さゆりのことは口にするな！　さゆりはな、お前が簡単に口にしていいような存在じゃないんだ！　いつも俺の話を聞いてくれて……いつも笑顔で俺を励《はげ》ましてくれて……いつも俺だけを見てくれて……お前なんかとは全然違うんだよっ！」

一気にそうまくし立てた比呂の迫力に、恵も負けていない。

「だから、それが違うのよ！　少しでいいから私の話を聞いて、鈴森くん！」

比呂の反論を待たずに、恵は苦渋の表情でさゆりについて語り始めた。

陰《かげ》では、さゆりが比呂との付き合いを迷惑に感じていたことを。

比呂とは別に、他の大学に通う本命の彼氏がいたことを。

あの輪姦《りんかん》事件が起きたデートの前日に、「明日、別れ話をする」と恵がさゆりから打ち明けられていたことを。

「……全部、私がさゆりさんから直接、聞いたことなの。亡くなった人の悪口を言うみたいで嫌なんだけど、鈴森くんに立ち直ってほしいから……だって、私、ずっと思ってた。

さゆりさんよりも私の方がずっと鈴森くんに相応《ふさわ》しいって……好きだって……！」

その言葉の後半部分は、比呂の耳に届いていなかった。

気がつくと……比呂は怒りに任せて恵の首に手をかけていた。

「さゆりが俺と別れたがっていた？　俺を好きじゃなかった？　ふざけんなよっ！　俺とさゆりがそんなわけは……さゆりがもうこの世にいないからって、お前は……！」

「鈴森くん、やめて……私は……本当に……く、苦しいよ……」

比呂が半ば放心状態だったおかげで、恵はなんとかその手から逃れることができた。

まだわなわなと震えている自《みずか》らの両手を見て、少しだけ理性を取り戻した比呂が叫《さけ》ぶ。

「失《う》せろ！　お前の顔なんて見たくない。今度同じようなこと言ったら、本当に殺すぞ！」

「わ、分かったわ……でも、お願い。さゆりさんについての話を信じてくれなくても……私のこと嫌いになってくれてもいいから、以前の鈴森くんに戻って」

そう言い残して、恵は未練を感じつつも比呂の前から去っていった。

（さゆりは……さゆりは、あいつの言うような女じゃないんだ。さゆりは俺の……！）

混乱する今の比呂には、狂気を発散させる行為……凌辱が必要だった。

★　　★　　★

凌辱の対象は、正直、誰でもよかったのだ。今だと本当に殺してしまうかもしれない相手、恵以外だったら誰でも。

だから、その日の夜、比呂の部屋を訪れてきた楓は運が悪かったのだといえる。

「……比呂くん、今、いいかな？」

ノックの音に続いてドア越しにそう声をかけてきた楓を比呂が部屋に入れてやると、彼女はいきなりせっぱつまった表情で訴える。

「比呂くんにお願いがあるんだ……ここから逃げたいの！　今のアタシ、比呂くんしか頼れる人いないから……アタシをこの島から連れ出して！」

「楓ちゃん、どうしたんだよ。ちょっと落ちついて。逃げるって、どういうことなの？なんか話が物騒だよ」

戸惑っている……フリをしている比呂に向かって、辺りをきょろきょろと見回して警戒しながら、楓は少し声を潜める。

「あのね、比呂くん……前に話したアレ、アタシが街中で拉致《らち》られてこの島に連れてこられたっての、あの時は嘘だって言ったけど、実は逆で本当のことなの。他にもね……この島で、アタシ、変な男に強姦されそうな目にも……」

比呂の顔が愛すべき好人物のそれから、憎むべき凌辱者のそれへと変わる。

「……おいおい、強姦されそうに、じゃないだろ。強姦されたんだろーが」

「えっ……何？　比呂くん、今、なんて……あうっ！」

打って変わった口調の比呂の言葉に楓が疑問を覚えた次の瞬間、そのミゾオチに彼の拳《こぶし》が正確にヒットした。薄れてゆく楓の意識……。

……楓の意識を復活させたのは、ブゥーンというモーター音と共に彼女の乳首に刺激を加える、洗濯バサミにも似た淫具《いんぐ》、ローターだった。

「うっ……ううんっ……あ、あれ？　アタシ、眠っちゃってたの……や、やだ！　どーして、胸の先っぽにこんな変なものが……あっ、あんたは……！」

服とブラをたくし上げられて露《あら》わになった両の乳首を淫具で挟まれている楓の前には、これで三度目の遭遇となる目出し帽の男が立っていた。

「えっ？　体が変……なんかうまく動けないよぉ」

「薬を飲んでもらったんだよ。なーに、体に害はない。俺様がまた、お前の体で楽しませてもらう少しの間、余計な抵抗ができないくらいのことだ」

楓が飲んだのは薬だけではないようだ。凌辱は楓が意識を失っている間にもう始まっていたようで、彼女の顔には顔射された跡が残っていた。

「いつの間にアタシ、あんたに捕まって……確か、比呂くんの部屋に……えっ、ここってまだ比呂くんの部屋？　どーして……」

そう、楓が壁を背にして座らされているのは、比呂の部屋にあるベッドの上だった。

状況が飲み込めない楓に、目出し帽の男が説明する。

「どーしてもこーしてもないさ。お前は俺様の部屋に来て、少し眠ってただけなんだから」

「俺様の部屋って……えっ、今のその声は……！」

目出し帽の男は声をつくるのをやめていた。元通りの比呂の声そのままにして。

「悪いのはお前なんだぞ。この島から逃げ出そうなんて言わなければ……」

そう言いながら、比呂は目出し帽を外して、楓も見慣れている素顔を晒け出した。

「……別に今夜、正体を明かすつもりはなかったんだ。お前さえ妙なことを言い出さなければ、もう少しお前と幼稚《ようち》な仲良しごっこを続けてやったのに、な」

厳然たる事実を突きつけられても、楓は自分をレイプした男が比呂だとは信じられなかった。信じたくなかった。

「嘘……嘘よ、こんなの！　比呂くんがあんただったなんて……アタシにいつも優しかった比呂くんが……」

「ケッ！　なにが『比呂くん』だよ！　お前にそう呼ばれるたびに虫唾《むしず》が走ってたぜ」

吐き捨てるようにそう口にした比呂は、手にしたリモコンの設定を変え、楓の乳首を刺激するローターの振動を『強』にした。

「やぁああっ！　やめてぇ……おかしいよ。比呂くんがこんなことするなんて……」

「だから、俺様をそう呼ぶんじゃねぇよ！　発育が悪いのは体だけじゃなくて、オツムもそうなんだな、お前は」

「グスッ、酷い……お願い、教えてよ。最初からそーいうつもりだったの？　アタシの話

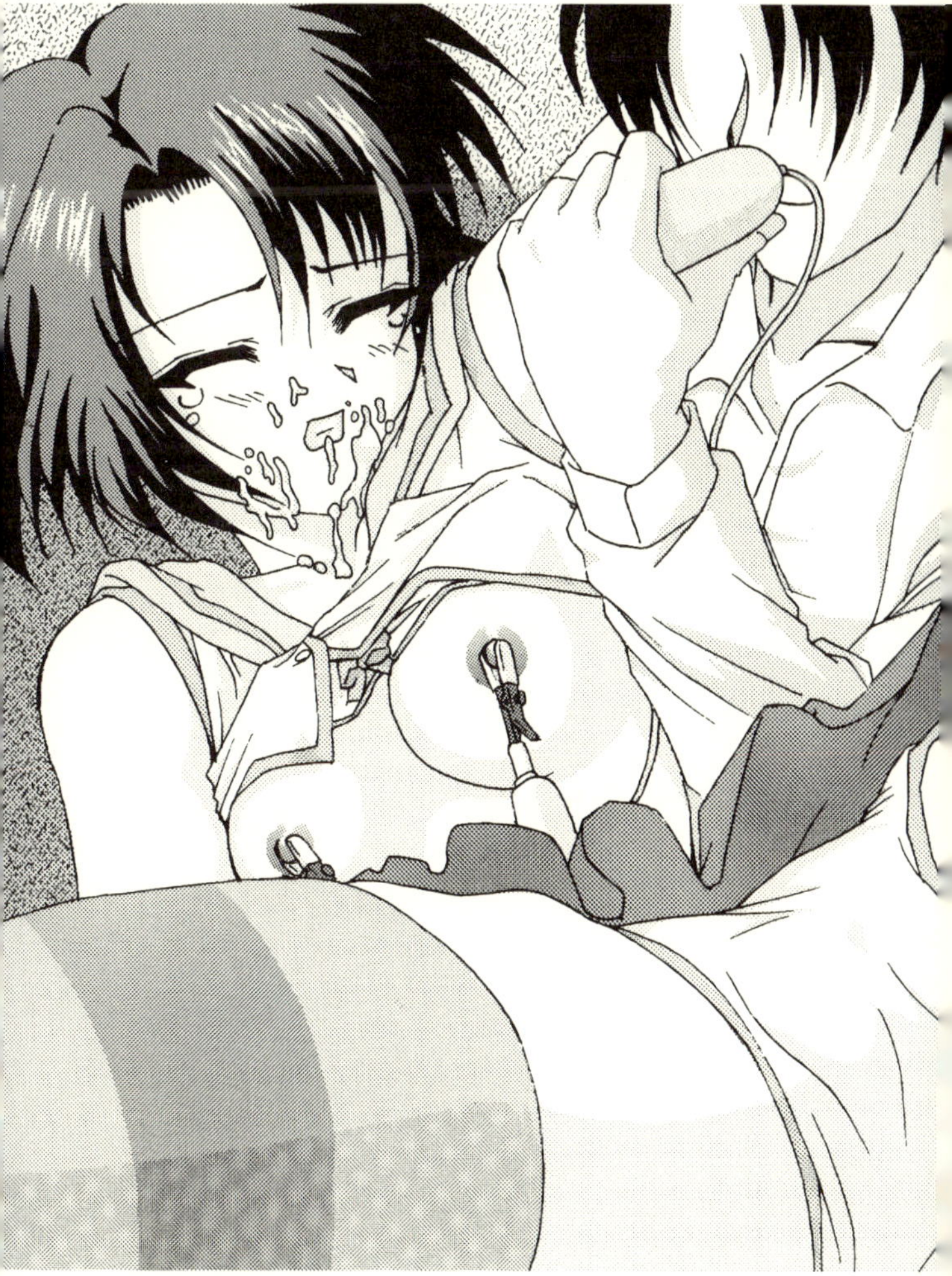

に付き合ってくれたのも……いろいろ相談を聞いてくれたのも……」

「ああ、そうさ。お前に優しくしてたのは全部、演技だ。心の中ではずっと『馬鹿なガキ』だと思ってたんだよ。そんなことはもういいだろ。さあ、いつもみたいに楽しもうぜ」

比呂は薬のせいでまだ体の痺《しび》れている楓の背後に回って抱きすくめると、指を彼女のショーツへと伸ばす。意識を失っている間、ローターから乳首が受ける刺激に反応してしまい、ショーツは愛液の染みを浮き立たせていた。

「いやぁああっ！　触んないでぇ！　アタシはこんなのちっとも楽しくないよぉ」

「つれないねぇ。俺様のこと、好きだったんだろ？　好きな男にバージンを捧げて、好きな男のチ○ポしゃぶって……結構なことじゃないか。これぞ女の幸せってとこだな」

「違うよぉ！　アタシが好きだったのはあんたじゃない！　アタシが好きになったのは、たまにからかってくることはあったけど、いつも親身に接してくれた比呂くんだもん！」

「だからぁ、そーしたのも俺だってーの」

楓が何をどう訴えかけようとも、比呂が凌辱の手を緩めることはなかった。

一度目は女の部分の処女を。二度目はフェラチオという行為で、いわば口の処女を。

そして三度目となる今回は、順番通りというか、楓は第三の処女穴、アナルバージンを比呂の肉棒で貫かれた。

例の如《ごと》くその淫靡《いんび》な光景をあますところなくカメラにおさめると、比呂は「いつまでも余韻《よいん》に浸ってんじゃねーよ」と乱暴に楓を部屋から追い出した。

「おい……この島に味方は誰もいないんだから、他の奴に余計なこと喋るなよ。ここにいるのは、お前にとっては敵と……あとは俺様に犯される、お前のお仲間だけなんだからな」

最後に楓に対してそう警告を付け加えるのも、比呂は忘れなかった。

★　★　★

その翌日。比呂が楓に正体を明かしたことは、思わぬ事態を引き起こす。

兄のように、いや、それ以上に慕っていた者からの裏切り……。

それによって頼る者が皆無となり、一生ウチには帰れないかもしれないと思われる、深い絶望感……。

楓の受けたショックは、比呂が考えていたよりもずっと大きかった。

楓は朝食の席にも姿を見せず、朝からずっと島の中をふらふらとさまよう。

そして夕陽《ゆうひ》が水平線に傾きかけた頃《ころ》、楓はそこに向かって歩き出していた。

「……ん？　なんだ、あいつ。服を着たまま水浴びでも……って、違うぞ、あれは！」

どう見ても入水《じゅすい》自殺としか思えない楓の姿を見つけ、溺《おぼ》れかける寸前で彼女を救ったのは、皮肉にもその原因をつくった比呂であった。

「はあ、はあ……お前なぁ、何、考えてんだよ。俺はライフセーバーじゃ……」

比呂の文句《もんく》は楓の耳に届いていない。もしかしたら、今、目の前にいるのが誰なのか、それも分かっていないのかもしれない。

「どうして、アタシがこんな……アタシ、悪いことなんて何もしてないのに……」

「えっ……？」

砂浜にて泣き崩れる全身びしょ濡れ状態の楓の口から出た言葉、それは期せずしてレイプされたあとに比呂の目の前でさゆりが洩《も》らしたそれと酷似していた。

その偶然のシンクロが、比呂に次の言葉を吐かせた。

「だから、死ぬってのか？　ふざけんな！　死んじまったら何もかもおしまいなんだぞ。自殺なんかするくらいだったら、何も悪くないお前にあんなことをした俺に復讐《ふくしゅう》してからにでもしろ！」

比呂のその叱責《しっせき》は、さゆりに対して本当は言いたかったのだろう。

自分でもそのことに気づいてしまった比呂は、複雑な心境だった。少し驚いたような表情で見つめてくる楓の顔も、それを後押しする。

「その……なんだ……とにかく、これ見よがしに俺の前で自殺なんかするんじゃねーよ。お前の体にはまだ楽しませてもらおうと思ってんだからよ」

一見、照れ隠しとは思えない酷い言葉を比呂が口にした時、食事の席に姿を見せない楓を心配して島中を捜し回っていた美樹がその場に現れた。

「あ～っ！　楓さま、こんなところにいたんですか。あっ、比呂さまも……って、どうしたんですか、二人とも！　こんなにビショビショになって……」

楓のことは美樹に任せて、比呂は足早に砂浜から立ち去った。

今の段階で楓とのギクシャクとした関係を美樹に悟られたくなかったのもあるが、これ以上この場にいると自分が何を言い出すか分からなかったからだ。

★　★　★

自殺を止めた直後の砂浜での、比呂と楓のやり取り。

比呂に動揺を与えたその会話を、実は美樹も耳にしていた。

そうなると、美樹の中には比呂に対して問いかけたいことが自然と生まれ、善は急げの精神でもって、その日の夜、彼女は比呂の部屋を訪れた。

「比呂さま……先日、美樹にここであんなことをしたのには……もしかして、楓さまにも同じようなことをしたかもしれないのには……何か理由があるんですよね？」

突然の訪問プラス唐突な質問に、比呂は不機嫌な表情でぶっきらぼうに答えた。

「理由だぁ？　そんなもん、ねーよ。やりたいからやっただけだ。無論、楓にも、な」

「嘘です！　だって、比呂さまは今日、自殺しようとした楓さまに向かってあんなに真剣に怒って……そんな比呂さまがなんの理由もなく、女の人を……」

比呂は美樹のあまりのお人好《ひとよ》しぶりに呆《あき》れ、そして苛立《いらだ》つ。

このままでは昼間のように何を口走るか分からないとも感じていた。だから……。

「へっ……じゃあ、何か理由があったら、また、お前にこの前みたいなことをしてもいいってことだな。実は……俺、女を辱《はずかし》めながら犯さないと死んでしまう病気なんだ。この前も楓に対してもその発作が出ちゃったんだよ」

「えーーーっ！　そんな病気があるんですかぁ。でしたら、すぐにお医者さんに……」

比呂は馬鹿にするつもりで言ったのに、美樹はそれすらも真面目《まじめ》に受け取る始末だ。

（くそっ、このままだとまた、美樹のペースに乗せられて前回の二の舞だ。それには俺だけじゃダメなのかもしれない。ここは一つ、奴の力を……）

比呂は、このまま美樹への凌辱になだれ込もうと画策する。

「その……美樹ちゃん、本当の理由を話すよ。実は……あっ、ここだと誰かに聞かれるかもしれない。できたら、ちょっと外に……いいかな？」

また、好青年の演技を始めた比呂は、言葉巧《たく》みに美樹を屋敷の外へと連れ出した。

二人が辿《たど》りついたのは、比呂が心中で『奴』と表現した蘇我の住む小屋だった。

「あのぉ、比呂さま？　口を挟むのは差し出がましいと思うんですが、ここには蘇我さんがいますから、やっぱり話を聞かれてしまうんじゃないかと……」

「ちっ……美樹よ、お前がそうやって大ボケを連発してられるのもここまでだよっ！」

比呂は美樹を強引に小屋の中へ引き込んだ。中にいた蘇我は事前に何も聞かされていなかったのにもかかわらず、凌辱行為にかけては阿吽《あうん》の呼吸で通じるのだろう、二人の男の手であっという間に、美樹は体を拘束《こうそく》された。

「いやぁああっ！　比呂さま、どうして、こんな……蘇我さんまで……やめてください！」

美樹の抵抗を無視して、蘇我と比呂、二人は凌辱の打ち合わせを始める。

その間にも、既に勃起した肉棒を蘇我は美樹の口に含ませて楽しんでいる。

「おおぉっ……なかなかの感触じゃて。ひっひっひ……にーちゃんの提供してくれるのが、このメイドさんとは意外じゃったな。まあ、ワシとしては本望だよ。このでかいパイオツにはいつも悩まされておったからのぅ」

「それは何よりだ。俺はこの前、こいつではパイズリと放尿で楽しませてもらったから、今日はあんたの好きにしていいぜ」

「本当か？　にーちゃん、今までの若僧たちと違って話が分かるのぉ」

「あっ、そうそう。待たせてたぶん、特別サービスもあるぞ。まだ、こいつの処女は手付かずだから、あんたのチ○ポで破っちゃってくれ」

比呂の勝手な言い草を耳にして、美樹に戦慄《せんりつ》が走る。

「ひ、比呂さま、それだけは……！　他のことならなんでもしますから……お願いです。それだけは許してください！」

「うるせぇな。お前は理由があれば納得するんだろーが。これは、ボランティアなんだよ。一人でこんなボロっちい小屋に住んでる、哀れな老人に愛の手を差し伸べてやる……お前

の処女を捧げる理由には充分すぎるくらいだぜ」

「そ、それは……でも……」

無類の人の好さが祟《たた》って反論できない美樹の太腿《ふともも》に、蘇我がスリスリと頬をすり寄せる。

「くぅ〜っ、このスベスベした肌がええのぉ……もう、堪《たま》らん！　一刻も早く処女を奪っておかんと、今にも殺したくなってしまいそうじゃ」

「おいおい、間違っても殺すなよ。ぶち込むんなら、さっさと……」

そう言いつつ、比呂は早くもズボンを下ろして美樹の処女を奪おうとしている蘇我の姿からなぜか目を逸《そ》らした。

一方、あれほど処女を守ることに固執していたはずの美樹はというと……。

「……そうですね。蘇我さんは麗華さんや黒田さまに命じられていつも馬車馬のように働いて……美樹の体でその蘇我さんの心が癒《いや》されるなら……」

死姦趣味を持つ変質者、蘇我に処女を奪われる……女性なら舌を噛《か》んでも逃れたいと思う状況を受け入れる美樹、その穏やかで優しげな言葉を比呂は背中越しに聞いていた。

「おお……この初々《ういうい》しさ。しかも、パイパン！　ありがたや、ありがたや……濡れておらんのが残念じゃが、そのぶんだけ悲鳴を上げるのかと思うと、それもまた、よし。では……」

跪《ひざまず》いて美樹の秘所を拝んでいた蘇我が立ちあがり、その年齢には似つかわしくない屹立を示した肉棒が今まさに処女地への入植を始めようとしている。

その時だった。

いきなり比呂が蘇我を殴り飛ばしたことで、美樹への凌辱は寸前で中止された。

「……悪いな、じーさん。やっぱ、あんたにはちょっと勿体《もったい》ない気がしたんでね」

一撃であっけなく気絶してしまった蘇我に、比呂の言い訳は聞こえていない。

「あのぉ……よろしいんでしょうか、比呂さま？」

「大丈夫さ。ちょっと気を失っただけだろ。こいつがそう簡単にくたばるわけが……」

「いえ、そうじゃなくて、ですね。比呂さまがどうして急に蘇我さんに暴力を振るったのかも分からないんですが……美樹が蘇我さんに初めてを捧げるというお話は……？」

ここまで来てまだそんなことを言っている美樹に、比呂の怒声が飛ぶ。

「馬鹿か、お前は！　こいつのどこが哀れな老人なもんか！　理由なんて最初からないんだよ。あるとしたら、それはただ俺がお前を辱めてやろうと思ったからで……」

「す、すいません、比呂さま。では、美樹は比呂さまに助けられたわけですね」

比呂は勘違いも甚《はなは》だしいその発言を無視し、美樹の拘束を解いてやると、この場から彼女を追い払った。

とにかく、紆余曲折《うよきょくせつ》の末、こうしてまたも美樹の処女は守られたわけだった。

★　　★　　★

# 第四辱　美樹の章　その一

凌辱という行為における、初めての失敗。

焦燥感《しょうそうかん》に近いが、そうだと単純に呼べない感情に囚《とら》われた比呂は、美樹が屋敷に戻ったのを確認したあとも、一人その庭をぶらぶらと歩いていた。

「くそっ、なんなんだよ、俺は。今更、もう後戻りなんてできないってのに」

事件はその後に起きた。

「これ以上、ここで頭を冷やしてても仕方ないか。そろそろ……な、何？　あぐっ！」

激痛と一緒に、比呂の左腕から鮮血が飛び散った。

突如、暗闇から出現した謎《なぞ》の襲撃者！　その凶刃が比呂を襲ったのだ。

「くっ……だ、誰だ、お前は！」

返事はない。そして、姿すらよく見えない。比呂の目が確認できたのは、屋敷の庭の照明に反射して、キラリと光沢を見せた二つの何か、だった。

それも一瞬だけで、すぐに消えた。即《すなわ》ち、謎の襲撃者が謎のまま再び闇の中へと消えていってしまう事態を意味している。

「待てっ！　このまま逃がすわけには……うぅぅ……」

滴《したた》る血と傷の痛みに気を取られて、比呂はその原因をつくった者を見失ってしまう。

「ちっ……とりあえず止血が先か……とはいえ、咄嗟《とっさ》に腕を上げたからよかったが、この位置は俺の心臓辺り……狙《ねら》いは俺の命、か？」

包帯代わりに腕に巻いたハンカチには、すぐに血がじわりと滲《にじ》んでくる。

「だとしたら、一体、誰が俺の命を……」

比呂には、彼が凌辱した女たちばかりか、島にいるそれ以外の人物たち全て誰一人容疑者ではないと言いきれなかった。

# 第五辱　美樹の章　その二

「えー……まあ、たまには、らしいこともしないといけませんしね。事情聴取というか、世間話の延長だと思ってくださいよ、鈴森くん」

鷺沢の部屋を仮の捜査本部として、被害者たる比呂は鷺沢相手に襲撃事件のあらましを語っていた。

深夜、屋敷の庭で何者かの刃物で襲われた事件。傷害、もしくは殺人未遂の罪に問われるであろうその出来事を公表しようかどうか、当初、比呂は迷っていた。

結局、公表に踏み切ったのは、一つに次の船が来るまでは今、島に黒田が不在という気安さがあった。いずれ知られるとはいえ、黒田に直接いろいろと詰問されるのは厄介《やっかい》だし、このことを失態と判断されては比呂もたまらない。

真の理由は、襲撃犯が誰《だれ》なのか、その糸口を掴《つか》むためだ。

疑心暗鬼の類《たぐい》ではなく、犯人はこの島に今いる自分以外の七人、そのうちの誰かだと、比呂は睨《にら》んでいる。要するに、事件を知った時の一同のリアクションを見るための公表だったわけだ。

「……ふーむ、襲撃犯の背格好も性別も不明。分かっているのは、鈴森くんの傷口からして凶器は鋭利な刃物だということくらいですか。これは迷宮入りですね」

「鷺沢さん、結論出すのが早すぎですってば。頼りにしてるんですから」

本音を言えば、比呂は鷺沢を頼りにしていない。むしろ、先に鷺沢に犯人を捜されてしまってはまずいとさえ思っている。

だから、比呂がなぜか気になっている点、襲われた時に一瞬垣間見《かいまみ》た犯人による二つの煌《きら》めき、それについては鷺沢に明かしていなかった。

(あの煌めき……一つは俺《おれ》に傷を負わせたナイフか何かなのは間違いない。だが、片手に二本持っているとは思えない。だとしたら、あれはなんだったんだ？　それが妙に引っかかってるのは、俺の記憶のどこかにその答えを導く鍵《かぎ》が……)

事情聴取の方は、鷺沢が動機から犯人を導き出そうとする。

「……怨恨《えんこん》、金銭、痴情《ちじょう》のもつれ……あとは、純粋な快楽ってところでしょうか、人が人を傷つける動機としては。鈴森くん、何か心当たりはありますか？」

正直に「あります」とも言えず、「はぁ……どうでしょう」と適当に誤魔化《ごまか》した比呂は、目の前にいる鷺沢を除いた六人の、事件を知ったあとのリアクションを思い出す。

蘇我は……美樹の一件で比呂に殴り倒されて以来、彼を危険人物だと判断したのだろう、逃げるか、媚《こ》びへつらうか、そのどちらかで、問題外だった。

麗華は……。

「まっ、軽傷でよかったわね、もし致命傷だったとしても、医者のいないこの島からは例の『仕事』を終えない限り、絶対に出られないんだから」

と、おちおち病気にもかかれない、この島の恐ろしい鉄則について語ったのだった。

楓は……。

「天罰《てんばつ》よ。アタシにあんなことしたんだから。アタシだって本当はあんたのことを……」

と、部屋のドア越しにいい気味だとばかりに悪態をついたのだった。

千砂は……。

「私《わたし》としては、襲撃犯のことよりも、どうしてそのような深夜にあなたが庭をうろうろしていたのかが気になりますわね」

と、何やらやぶ蛇《へび》になりそうな、手厳しい指摘だった。

恵は……。

「鈴森くんは私を疑ってるんでしょうね。仕方ないことだわ。だって、私はあなたに嫌われてるんだから……」

と、地の性格の暗さがよく分かるネガティブな発言だった。

(そして……美樹、か。あいつがある意味、一番、不可解で厄介なんだよな)

鷺沢の「では、一応、事情聴取はこれにて」という終了の言葉を右の耳から左の耳へと素通りさせながら、比呂はため息をついた。

★　★　★

謎《なぞ》の襲撃者の正体が相変わらず謎のまま、数日が過ぎた。

その事態は予想していたから大した問題ではなかったのだが、傷を負ったせいで比呂には別に閉口する状況があった。

コン、コンと控えめなノックの音と共に、この日の夜も比呂の部屋にそれは訪れる。

「比呂さまぁ、回診のお時間でーす……なんて言ったりして。入りますよ～」

先日再び凌辱《りょうじょく》されそうになったのにも懲《こ》りずに、毎晩、包帯を取り換えるというのを口実にして美樹が部屋にやってくるのが、比呂の悩みの種だった。

「ふふっ、美樹、実は子供の頃《ころ》、ナースさんに憧《あこが》れてたこともあるんですよ」

「……誰もそんなことは聞いてないぞ」

「分かってます。美樹が比呂さまに話したいだけですから」

一度試みた、部屋に入れないという対抗策も、美樹に一晩中ドアの外で待ち続ける手に出られてしまい、それ以降は夜のこの訪問を比呂は消極的に受け入れていた。

せめてもの抵抗として不機嫌な顔で黙りこくっているだけの比呂とは対照的に、美樹の方はいろいろと自分について語った。

両親を交通事故で亡くし、今はたった一人の肉親である弟、『広樹《ひろき》』が美樹の心の拠り所《よりどころ》だということを。

亡き父親の親友だった黒田の紹介で今の仕事に就《つ》き、こうして離れて仕事している時の弟、広樹の世話も黒田の知人に頼んでもらっていることを。

「……広樹は今年で十二歳になるんです。ちょっと前までは『お姉ちゃん、お姉ちゃん』

って甘えてばかりだったのに、最近は生意気盛りで……」

比呂は、美樹の弟の話には全《まった》く興味を示さない。ガキは嫌いだった。正確にいえば、なんの力もなく、周りに流されるしかないガキでいた頃の自分が比呂は嫌いだった。

比呂の興味をそそったのは、やはり黒田に関してのことだ。特に、以前麗華から聞いていた元・カメラマンという肩書きは、比呂としても気になる。

「おい、美樹……知ってたら教えろ。黒田さんはどうしてカメラマンを辞《や》めて、今の仕事に就いたんだ」

「えーと、確か……あっ、そうです。前にお父さんが話してました。ある時、海外での撮影から帰ってきたら突然に辞めちゃったそうです。ウチのお父さんでも理由が分からないらしくて、水臭《みずくさ》いとか言ってましたから……って、結局、分かりませんよね、これじゃ」

(その海外で何かあったってわけか。それよりも腑《ふ》に落ちないのは、美樹の父親の存在だな。あの黒田に親友という言葉が似合う相手がいるとも思えないが……)

情報とは、一方向から得たものでは著《いちじる》しく正確さに欠けることがある。

比呂はすぐにそのことを実感させられる。

★　★　★

数日後、島に船が着き、黒田が帰還する。

屋敷に戻ると早速比呂の部屋を訪れた黒田は、比呂に対して既《すで》に連絡を受けていた襲撃事件や、自分が不在時の『仕事』の進行状況についての質問……いや、その雰囲気《ふんいき》からして尋問を行った。

「そうか……ところで、麗華からの報告では最近、美樹と親しいそうじゃないか」

「いえ、そんな……向こうが纏《まと》わりついてきてるだけで、俺の方は別に……」

「まあ、いい。鈴森、お前から見て、美樹はどうだ？　思ったことを言ってみろ」

「そうですね……今時、珍しいんじゃないですか。あそこまで素直というか馬鹿《ばか》な女は」

「そうだな……だからといって絶対に手を出すなよ。これは厳命だ」

比呂は（やっぱり、亡き親友の娘はこいつでも特別なんだな）と思ったが、その結論はどうしても黒田という男のイメージに合わなかったので、思いきって探りを入れてみる。

「黒田さん、そういうことはもっと先に言ってもらわないと。あっ、いや、勿論《もちろん》、美樹に手は出してませんよ。もしかして、黒田さんが出す予定なんですか？」

ワザとらしい挑発でそれが探りであることをカモフラージュした比呂の意図を見抜いたかのように、黒田はそのものズバリ比呂の求める答えを口にする。

「……お前も麗華から『組織』のことを少しは聞いていると思うが、そのメンバーの一人が美樹を気に入ったんだ。今回の『仕事』が済み次第、美樹はその男の元へと売られていく。性奴隷となるために、な」

「えっ……そ、そうでしたか。それで、美樹本人はそのことを知ってるんですか？」

「いくら馬鹿でも、さすがにそれを教えるわけにはいかんだろ」

「いやいや、案外、喜んで売られていくかもしれませんよ。何しろあいつの馬鹿は相当なものですから。ハハハ……」

過酷な運命が待ちうけている美樹の話題を比呂は軽く笑い飛ばそうとしたが、顔が強張《こわば》り、巧《うま》くそれができなかった。

更に黒田は比呂が尋ねてもいないのに、美樹の弟、広樹の行く末についても語った。

広樹の世話を黒田がしていたのも、美樹に対する人質としての意味しかなかったわけで、彼女が売られたあとは孤児用の施設にでも放り出す、ということだった。

(黒田……こいつはここまで非情に徹することができるのか。もしかして、あの件も……)

自分にとってなんの得にもならないと分かっていても、心の内の何かに突き動かされて、比呂はあえて危険な質問を試みた。

「黒田さん……もしかして、美樹の両親の交通事故ってのも……そうなんですか?」

「さあな……確かに新聞記者だった美樹の父親が剣聖会と『組織』について探っていたのは厄介だったが……俺の中で手段と目的は時に入れ替わる。学生の頃からの友人、その愛娘《まなむすめ》を醜悪な状況に陥れる。それこそが俺のやりたいことだった……のかもしれないな」

黒田は酷薄な笑みを浮かべながら、そう答えた。

その笑みは亡き親友、またはその娘に向けられたのか、それとも……。

★　★　★

その日の夜。比呂はそっと部屋を抜け出した。

いつものように腕の包帯を取り換えに来る美樹を避けるために。

(あんな話を聞いても、平気であの馬鹿と顔を合わせられる俺でないといけないのに、な)

そう思いつつも、夜風が黒田から受けた毒気を洗い流してくれるようで心地好く、比呂は屋敷の庭を出て、もっと風が当たる場所へと足を運ぶ。

全くの予定外だった夜の散歩が、比呂に思わぬ収穫《しゅうかく》をもたらした。

突如、闇《やみ》を切り裂くように響き渡った女の悲鳴に、比呂は声のした方向へと走り出す。

森の一角、そこでは二つの人影が重なっていた。

一人は麗華。そしてその背後から首筋に刃物を当てているのは……千砂だった。

刃物を握った千砂の手首に愛用の銀のブレスレットがあるのを見て、比呂は理解した。

(そうだったのか。あの二つ目の煌めきの正体は……じゃあ、俺に傷を負わせたのもやっぱり、千砂……！)

今、実際に襲われている麗華にもそれが分かっているので、千砂を宥《なだ》めるような口調になっていた。

「よ、よしなよ……大体、そんなキッチンナイフみたいなので人が殺せるわけが……」

「それはどうかしら、麗華さん。正確に首の動脈を切れば……その鍛錬《たんれん》を私はずっと続けてきたわ。その機会を私に与えたくなければ、知っていることを全《すべ》て話しなさい」

どうやら千砂は麗華を脅《おど》して情報を聞き出そうとしているようだ。

それを察した比呂は、二人の前に姿を見せるのを待った。比呂のまだ知らない、例えば『組織』のことについての情報でもこっそり聞ければ、と漁夫の利を狙《ねら》ってのことだ。

しかし、残念ながら麗華の口から出たのは、剣聖会やこの島での例の『仕事』について等、比呂も知っていることだけだった。千砂にとっても同様らしい。

「私が知りたいのは、そんなことじゃないわ。剣聖会のバックにいる『組織』のことよ」

「『組織』のことは、アタシも名前以外よく知らないのよ。噂ではメンバーの素性も人数も秘密だって……あの坊やにも言った通りなのよ」

「坊や？　誰のことなの、それは？」

「この島で女たちを犯す実行役の……」

麗華の口から比呂の名前が出そうになる。つまり、千砂の処女を奪った卑劣なレイプ犯だとバレそうになり、比呂は急いで隠れていた木陰《こかげ》から飛び出した。

「千砂さん、やめるんだ。今すぐ麗華さんを……！」

如何《いか》にも今、駆けつけてきたように息を切らしたフリをする、芸の細かい比呂だった。

「はぁ、はぁ……俺を襲ったのもあなただったんですね。千砂さん、どうしてなんだ！」

「鈴森さん……私にとって用のないあなたには、襲撃に怯《おび》えてこの島を出ていってほしかったんですけど……麗華さん、情報はもういいわ。その代わり、あなたの管理している屋敷のマスターキーを渡しなさい」

比呂の登場に助かったと麗華が思ったのも束の間《つかのま》、その首筋にはまだ千砂の持つナイフがしっかり当てられている。

「ったく、隙《すき》を見て襲いかかるとか考えてくれれば……ねぇ、千砂さん、マスターキーなんか奪ってどうするつもりなのかしら？」

「奪う？　違うわ、取り返すのよ。あれは元々、私のおじい様、『秋川千之助《せんのすけ》』のものだったのだから」

「『秋川』？　どこかでそんな苗字《みょうじ》を見た覚えが……そうか。あの外された表札に書かれていた苗字だ。ということは、あの屋敷はやっぱり、元々は千砂さんのおじいさんの……」

千砂が「そうよ」と肯定《こうてい》し、その詳細を語った。

『相川千砂』という名前は全て偽名で、実は彼女の苗字もやはり『秋川』であった。

事の発端は今から二年前、千砂の祖父、秋川千之助が謎の事故死を迎えたことだった。

カリスマ的存在だった一族のトップ、千之助の逝去《せいきょ》により、銀行からの融資がストップする等のトラブルが続き、半年あまりで秋川グループは事実上、崩壊した。

その後、父母はとうに亡くなり、親戚《しんせき》たちも残った莫大な負債を恐れて離れていき、手元にあったわずかな宝石や装身具を売って一人ひっそりと生きていた千砂のもとに、かつて千之助の側近だった男が訪れて一つの事実を伝えた。

千之助は事故死ではなく、『組織』に謀殺されたのだ、と。

「……それから一年。ようやく私は『組織』に繋《つな》がる手がかりを見つけた。そう、女性たちを秘密裏に凌辱し、性の商品として調教するのを目的とした、この島を！」

千砂は正真正銘《しょうしんしょうめい》、お嬢様《じょうさま》だったわけだが、今の彼女はそんな言葉で単純に括《くく》れない。

この二年間ほどの日々が、千砂を今のような行動に一人挑ませるほど、心身共に強靭《きょうじん》なものに変えたのだろう。

「そして、私は自分の意思でこの島に来た。全てはおじい様の復讐《ふくしゅう》を果たすために」

千砂の口にした動機、『復讐』という言葉に、比呂と麗華がほぼ同時に反応した。

前者は「復讐……か」と。後者は「そう……復讐なんだ」と。

その奇妙なシンクロに、比呂よりも麗華が慌てた。

「ま、まあ……復讐は個人の勝手だけど、あんた、偽名まで使って隠してた自分の正体、ペラペラ喋《しゃべ》っちゃっていいの？　もし、このことが黒田様にでも知られたら……」

「麗華さん、あなたは話せないわ。これからマスターキーを紛失してしまうという命取りの、決して話せない失敗をするのだから。この場にいる鈴森さん、あなたも同罪よ」

自《みずか》らの保身を第一に考えたのか、麗華は千砂にマスターキーを渡す。

「マスターキーを手に入れて、黒田様の部屋から『組織』の情報を得ようってわけなのね。

でも……黒田様も『組織』も甘く見ないことよ。アタシにしては珍しく親切な忠告よ」

そう言い残すと、麗華は面倒事はごめんとばかりにそそくさとその場を立ち去った。

必然的に、森の中、少し距離を置いて二人きりで対峙《たいじ》することとなる、比呂と千砂。

「……秋川グループの総帥《そうすい》、その孫娘だと知られないための偽名ってわけか。『秋川』を『相川』と、似た苗字にしたのは、他人から呼ばれた時にすぐに反応できるように、かな？」

「そうよ。ちなみに、下の名前、本名は尋ねられても答える気はありませんから」

「秋川千之助の孫の名前だったら、調べれば分かると思うけど」

「調べるのは自由です。でも、私の口からは教えません。絶対に」

腹の探り合いのような会話がそんな風に少し続いたのち、千砂から本題に入る。

「鈴森さん……あなたはどうしてこの島に来たの？」

「それは、この島の宣伝資料用の写真を撮るカメラマンとして……」

「表向きの理由は結構です。それとも……本当にあなたは何も知らなかったの？　でしたら、あなたとのお話はここでおしまい。今、聞いたことは全て忘れた方があなたのためよ」

比呂としては、ここで『おしまい』にする気はない。いろいろと知っているらしい千砂から、もっと新事実を聞き出したかったのだ。そこで、比呂は……。

「千砂さん、ごめん……俺、本当は薄々勘づいていたんだ。この島では何か法に触れるようなことをしているに違いないって。でも、俺、どんな形でもいいから実績をつくって、どうしてもカメラマンになりたかったんだ！　だから、現実から目を背《そむ》けて……」

　今にも涙を流さんばかりの、比呂の名演技は続く。

「だけど、この島が女の人たちを凌辱するためにあったなんて……そんなことって！」

　比呂は恋人のさゆりが見知らぬ男たちに輪姦《りんかん》され、その結果、自殺してしまった過去についても語った。

「俺にとって全てだった、大切な人がこの世からいなくなって……何もする気になれなくなっていた時、黒田さんに声をかけられて……俺はただ頷《うなず》くしかなかった……」

　演技に加えて、途中からは紛れもない真実が混じっているのだから、比呂の話を千砂が全て信じてしまったのも無理はない。

「あなたにそんなことが……あなたは……そう、少し私に似ているのかもしれませんね」

　ポツリとそう洩《も》らした千砂は、「手を組みませんか」と比呂に持ちかける。

「そう言われても……俺はただの学生にすぎないし、却《かえ》って千砂さんに迷惑を……」

「いいえ。あなたはこの島で行われている犯罪行為の立派な証人になれるわ。敵が強大で不安でしょうけど、このマスターキーには先ほど麗華さんが言った以外の用途が……重要な切り札が隠されているの。だから……」

　葛藤《かっとう》する……フリをした末に、比呂は千砂の申し出を受け入れた。

　そして、「詳しい話は明晩に……」と約束を交わすと、二人は別々に屋敷へと戻る。

胸に秘めた思いも全く別々の方向を向きながら。

★　★　★

そして、その明晩。

秘密の同盟を結んだ比呂と千砂の打ち合わせ場所は、海岸の砂浜が選ばれた。

夜の海は暗く、潮騒に耳を傾ける者はそこに引きずり込まれそうな、自然本来の恐ろしさを感じる。

先に到着して待っている千砂もそうなのだろうか。

比呂と約束した時間よりかなり早く到着していたので、千砂は待つことを覚悟していた。

だが、この島で夜に誰かの訪れを待つというシチュエーションは、どうしても二度の凌辱についてを連想してしまい、千砂は比呂が早く来てくれるよう心中で願う。

この時も同じ結果が待っているとも知らずに。

「……ごめん、千砂さん。少し遅れちゃったかな。俺は暇だからなんの問題もなかったんだけど、この人がいろいろと忙しくて、ね」

「別に時間に遅れては……えっ？　この人って……」

砂浜に現れた比呂の背後から『あの人』が……黒田がゆらりと姿を見せた。

「はじめまして……と言った方がいいんだろうな。相川ならぬ秋川の御令嬢さん」

「ど、どうして、あなたまでここに……」

「俺が誘ったのさ。だって、君は『組織』に復讐するため、この島で行われている凌辱劇の件を警察にでも知らせて、それをまずは突破口にするつもりなんだろ？　それじゃ、困るんだよね。俺まで婦女暴行の実行犯として捕まっちまうんだから」

ただでさえ黒田の思わぬ登場で驚愕《きょうがく》の千砂の目に、比呂が凌辱者である証《あかし》、あの目出し帽《ぼう》をひらひらと手で振っているのが映った。

「そ、それは……では、あなたがあの卑劣な……！」

「卑劣とかそーいう形容詞は心外だなぁ。どーせなら、『前と後ろのバージンを開発してくれた、親切な……』とかにしてくれよ」

千砂にとって、衝撃的事実はこれで終わりではなかった。

「ふっ……さすが、あの男の孫だけはあって油断のならない女だ。まさか凌辱のターゲットとしてこの島に潜り込むとは。だが、詰めの甘さも血筋だな、秋川の」

「やはりおじい様の死には、あなたと『組織』が絡んでいたのね！　許さない。おじい様の島とお屋敷をあんなことに使っているのも冒涜《ぼうとく》だわ！」

千砂のその糾弾《きゅうだん》を聞いて、突然黒田は声を上《あ》げて笑った。

「ははは、冒涜とは傑作《けっさく》だ。祖父思いの優《やさ》しい孫娘に面白いことを教えてやる。どうやら貴様はこの島での凌辱ショーが最近始まったと思っているようだが、もう軽く数十年は続いているんだぞ。そして、それを最初に始めたのは……秋川のじーさんだ」

「なっ……！　そ、そんな……そんなこと、嘘《うそ》よ！」

「こんなつまらない嘘を俺はつかん。秋川のじーさんが殺されたのも、島で凌辱した女どもを『組織』のメンバーに提供した事実をスキャンダルとして脅迫し始めたのが原因だ。それも、自分のイチモツが勃《た》たなくなったってのが動機で……」

「やめて！　そんなわけはないわ！　絶対、嘘よ……嘘よ……もし、そうだったとしたら、私は一体なんのために……なんのために……」

うわ言のようにそう繰り返す千砂を、比呂が当て身を入れて黙らせた……。

……そして、千砂の目覚めは屋敷にある自分の部屋のベッドにて行われた。

ただし、部屋にいるのは千砂一人ではない。ほとんど裸に剥《む》かれたその体を、比呂と黒田、二人の男に弄《もてあそ》ばれていたのだから。

黒田の『背後から撃たれる危険性の多い青姦は好まない』という主張のせいで、誰かに見つかるかもしれない危険を承知で、海岸から比呂がここまで千砂を運んできたのだった。

比呂が「黒田さんの職業柄、却って室内の方が危険は多いかと……戦場とかなら話は別でしょうが」と言っても、黒田は決して耳を貸そうとしなかった。

閑話休題《かんわきゅうだい》。二人の男による千砂への凌辱は、黒田が下半身を、比呂が上半身を担当するポジションで行われていた。

水商売の女すら蕩《とろ》けさせる黒田の指技は、Ｇスポットとクリトリスを同時に責めることで、男のモノをほんの数回しか受け入れていない千砂の未成熟な秘所すらも白く濁った本気汁でベトベトにする。

そのせいだろうか、比呂の指がまだろくに触れていないうちから千砂の乳房の頂点は痛いくらいに勃起《ぼっき》していた。試しに比呂が仰向《あおむ》けに寝る千砂の眼前にその処女膜を貫いた肉棒を差し出してみると、何も命じていないのに彼女は舌を伸ばしてきた。

特製の媚薬《びやく》を盛られたわけでも、急に淫乱《いんらん》な血に目覚めたわけでもない。

心の支えだった敬愛する祖父の正体が、憎悪していた『組織』の者たちと同類だった事実に深い絶望に追いつめられ、千砂は快楽へと逃げ込んでいたのだった。

「ふっ……まだ性奴としての完成にはほど遠いが、『組織』のメンバーたちは悦《よろこ》ぶだろうな。あの秋川の孫娘を抱けるとなれば」

黒田がふと口にした『秋川の孫娘』という言葉が、千砂を現実へと引き戻す。

「その呼び方はやめて……うっうぅぅ……おじい様は私をずっと騙《だま》して……あなたもそう。さゆりとかいう恋人の偽りの話で私を……誰も信じなければよかった……」

千砂の呟《つぶや》きに、今度は比呂が過敏に反応する。

「違う！　あれは偽りなんかじゃ……ちっ、そんなことはどうだっていいんだよ！」

「今更、誤魔化さなくてもいいわよ。恋人がそんな目に遭《あ》った人が他の女性に対してとはいえ、凌辱の実行役なんかするわけないじゃないの！　そんな人、いるわけが……」

二人の口論に、黒田が愉快そうに口を挟む。

「それがいるんだから、この世は面白い」

そう言うと、黒田は自分のイチモツを千砂の秘所にあてがった。

「鈴森、もうお前は参加しなくていいぞ。黙ってそこで見ていろ。何もせずに……そう、目の前で恋人が男たちにマワされるのをただ見てるしかなかった時のように、だ！」

「く、黒田さん……なんで、そんなことをしないと……」

「ふっ……それができてこそ、俺が命じた、お前の『仕事』は完璧《かんぺき》となる」

千砂を犯すことよりもそれが主目的であるかのように、黒田は比呂を凝視しながら、ゆっくりと……本当にゆっくりと、千砂の秘裂に自らの肉棒をめり込ませていく。

ようやく少しだけ亀頭《きとう》の部分が呑《の》み込まれた瞬間、それが比呂の限界だった。

「んぐっ……うげぇぇぇぇっ！」

ベッドの脇《わき》の床に向かって、比呂は嘔吐《おうと》した。

異臭《いしゅう》が部屋を覆う中、全てを吐き出すかのように、比呂の口は吐瀉物《としゃぶつ》で滝をつくる。

「ちっ、ブザマだな、鈴森。所詮、お前もその程度か。まあ、予想通りではあるが、な」

侮蔑《ぶべつ》の視線で比呂を見下ろした黒田は、興醒《きょうざ》めとばかりに千砂への凌辱を中止して、悠然と部屋を出ていった。

胃の中が空っぽになっても今度は胃液を吐き始める比呂に、千砂が告《つ》げた。

「……さゆりという人の話は本当だったのね」

千砂の言葉に憐憫《れんびん》の響きを感じ、比呂はキレた。

「はあはあ……だから……だから、どうしたっ！　どうしたっていうんだ！」

胃の中のものを全て吐き出した勢いそのままに、比呂は今まで誰にも明かさず胸に秘めていたことを、彼の真の目的についてを千砂に暴露してしまう。

「俺はさゆりのためだったら、なんだって……女を無理やりに犯す必要があるなら、犯す！　他人を裏切る必要があるなら、裏切る！　誰かを殺す必要があるなら、殺すんだ！」

比呂は、単に自暴自棄になった末、黒田に従っていたわけではなかった。

さゆりの自殺後、必死にレイプ犯たちの捜索を続けたが、それを果たせなかった。

娘の名誉に配慮してさゆりの両親が告訴を取りやめたため、警察の力をあてにできない状況の中、黒田に巡り合って比呂は決意したのだ。

黒田が属する裏社会の力を利用して、レイプ犯たちを見つけ出そうと。

そのためなら、どんなに汚い仕事でも為《な》そうと。

そう、比呂の行動も千砂に似て、全ては復讐という一言に集約されたものだったのだ。

「さゆりをあんな目に遭わせた奴《やつ》らにも、きっと親兄弟、友人や恋人なんてものが……死んだら悲しむ者がいるだろうさ。だから、そんなことをものとも思わずに復讐を果たせることのできる強い心を……非情な悪になりきるために、俺は……！」

比呂の激白を聞いた千砂は、同じ復讐者なだけに、何も返す言葉が見つからなかった。

しばらくしてようやく自分が余計なことを口走ってしまったことに気づいた比呂は、黙々と吐瀉物の始末をし始め、それが済むと千砂の前から立ち去った。

「……黒田は、マスターキーの紛失についてはまだ知らない」

そう、最後にポツリと言い残して。

★　★　★

心身ともに打ちのめされた最悪な状態で自分の部屋へ戻る比呂は、そのドアの前で佇《たたず》む美樹を見つける。

「あのぉ……比呂さま、包帯をお取り換えに……それと、今日はお話が……」

比呂は「ついてくんな」とも「勝手にしろ」とも言わずに無言で部屋に入り、美樹も黙ってそのあとについていく。

崩れるようにドサッとベッドに腰を下ろした比呂の横に、美樹も座る。

古い包帯を外すと、比呂の左腕の傷はもうほとんど完治していたが、美樹は救急ボックスから真新しい包帯を取り出して巻いた。いつも懇切丁寧《ていねい》なのだが、この日のそれは更にゆっくりと、まるで名残を惜しむかのように。

「比呂さま……美樹、もうすぐこの島を出ていくんです。今日、黒田さまが『この島での仕事は終わりだ』って言ってくれました。だから、もうすぐ弟の広樹にも……」

性奴隷として売られていくことも知らず、無邪気に弟と会えることを喜んでいる美樹を見て、比呂は無性に腹が立った。その怒りは、比呂に残酷な真実を語らせる。

「……お前、本気で弟のところに帰れると思ってるのか？」

突き放すようにそう言い放った比呂は、続いて黒田から聞いた真相も全て美樹に明かす。

「お前はこの島を出たら、どこかのジジイのとこに売られていくんだよ」と。

「弟に会うことなんて、もうできないんだよ」と。

「比呂さま、何を言って……黒田さまはそんな人じゃありません。亡くなったお父さんだって言ってました。あいつは厄介な家庭に育って苦労したぶん、根は優しいって……」

その父親を手にかけたのが他ならぬ黒田なんだと比呂が告げても、美樹は信じようとしなかった。それは当然かもしれない。比呂がする話は全体的に突飛《とっぴ》すぎたし、美樹も黒田に信頼をおいてなければ大事な弟を預けるような真似《まね》はしないはずだ。

そこで、比呂は自分の犯してきた罪についても洗いざらい美樹に話す。

この島で行われている女たちへの凌辱劇のことを。今回は楓たち三人がその毒牙《どくが》にかかり、実行役は黒田に命じられた自分であることも。

「そんな……比呂さまが皆さんにそんなことを……」

「嘘じゃない。千砂にでも恵にでもいいから聞いてみればすぐに分かることだ。現にお前にだって俺は……これで分かっただろ、俺にそれをさせていた黒田の正体も」

しばらく部屋を沈黙が支配し、やがて美樹が怒り出すでも泣き出すでもなく、フーッと小さくため息をつくと、少し困ったような笑みを見せた。

「比呂さまはどうして美樹にそんな話を……たぶん黒田さまからは口止めされていると思うんですけど……」

「それは……どうでもいいだろ、そんなことは！　大体、いつまで『比呂さま』とか呼んでるんだよ。鈍いお前にももう分かっただろ。俺がどんなに酷《ひど》い奴かってことが」

「比呂さまは比呂さまですから……」

美樹はふと視線を比呂から逸《そ》らせて、天井の方を見つめる。

「……美樹にも分かってたんです。いくら黒田さまがお父さんの親友だからって、親戚でもない人が無条件で親切にしてくれるわけはないって」

「お前、分かってたって……それじゃ、俺の話を聞く前からもう……」

「それで……黒田さまは広樹のことは何か言ってませんでしたか？」

「ああ、弟のことか……施設に送るとかなんとか」

「そうですか！　よかった……それなら、いつかは会えるかもしれませんね」

美樹の表情がパァッと明るくなった。

悲惨な状況が待っているというのに、そんな些細《ささい》なことにも明るい展望を見出す美樹の姿に、比呂は彼女とは対照的に声を荒らげる。

「なんなんだよ、お前は！　売られていくってのがどういうことだか分かってんのか？　そうなったら、お前には自由なんかないんだぞ。ほとんど軟禁状態で、麻薬みたいなもんを打たれて、体がボロボロになるまで一生……」

「でも……美樹も広樹も生きているんですから、また、会えることも……いいえ、絶対に会えますって！」

「なっ……！」

絶望という闇の中でも決して自分からは希望を失わない、美樹。

比呂の完全なる敗北だった。

一見、美樹が夢想家で、比呂が現実主義者にも見える。

しかし、夢を現実に変えようとする意思を決して失わない美樹に比べたら、さゆりの死という悲劇を言い訳にして悪に徹するなどとほざいていた比呂の方が遥《はる》かに地に足がついていない、ただの愚《おろ》か者《もの》だった。

いつしか比呂の目から涙がこぼれていた。さゆりを失って以来、ずっと堪《こら》えてきたものが全部溢《あふ》れ出したかのように止めどなく。

そんな比呂を、美樹はギュッと抱きしめた。いつもは男たちの欲情をそそる美樹の豊満な胸が、今は完全に母性的な意味で比呂を包みこむ。

「うぅぅっ……俺の前から、さゆりがいなくなっちゃったんだ……ずっと側にいてくれるって、俺、思ってたのに……違ったんだ……俺にはさゆりが必要だったけど……さゆりには……違ったんだ……」

比呂とさゆりの過去の経緯どころか、その名前さえ聞くのは初めての美樹だったが、彼女は「うん、うん」と頷いていた。

「俺、また、独りぼっちだ……独りぼっちは嫌だよ……笑えないし、怒る必要もないし……泣いたってすぐに涙が涸《か》れて……最後には何も……」

物心つく前に両親を病により亡くし、親戚中をたらい回しにされたあげくに施設に引き取られた……そういった比呂の生い立ちを美樹は知らない。それでも美樹は「そうですね。嫌ですよね」と比呂の頭を優しく撫《な》でる。

「前はこうじゃなかった……少しでも早く一人で生きられるようになりたかった……哀れ

みや軽蔑や暴力から孤立していたかった……そのためにはどんなことだって……」

入学金からして高額な帝都芸大に入るため、比呂が十代後半の頃、ヤクの売人、ヤミ金融の取り立ての手伝い、男娼《だんしょう》まがいの行為等をしていた過去を、美樹は知らない。たとえ知ったとしても変わらなかっただろう、美樹は比呂を抱きしめる腕に力を込める。

「どんなことだってやる……俺、また、そこに戻っちゃってる。だって、思い出だけじゃ無理なんだよ。さゆりが側にいてくれないと……側で笑っていてくれないと……！」

比呂の頬《ほお》の涙の乾いた筋に、美樹が舌を這《は》わせる。

「美樹はそのさゆりさんじゃないですし、今だけしか側にいることはできませんけど……それでいいですか？」

「えっ……？」

「比呂さま、美樹を……今夜だけ愛してください。ほら、美樹を待ってる状況からすると
もう……いえ、当分、愛する旦那様《だんなさま》とのハネムーンは迎えることはできないですから」

愛する旦那様とのハネムーン……それは美樹がその際に処女を卒業すると決めていたことだ。しかし、性奴隷として売られていく美樹には『当分』どころか、ほぼ不可能な願いとなっている。

そのことを充分すぎるほど理解している比呂は、美樹の気持ちに応《こた》える。

比呂と美樹の間で初めて気持ちを通じ合わせて交わされるキスは、先ほどまでの比呂の

涙のせいで少し塩辛い味だった……。

★　★　★

全裸で仁王立《におうだ》ちする比呂の足元に、美樹が跪《ひざまず》く。

メイド服姿の、それもコスプレではない本職の美樹がそんな体勢になると、普段の性癖はごくノーマルの比呂でも何やら妙な気分になっていた。

「……それでは、比呂さま、頂かせてもらいます……あむっ！」

美樹がパクッと比呂のペニスを咥《くわ》えた。

まずフェラチオから二人の営みが始まったのは、美樹が言い出したことだ。

美樹は以前に比呂の精液を飲んだ経験があり、その味が印象的だったわりによく覚えていないからもう一度……という理由からだった。オリジナルのレシピも数多い料理好きの美樹ならでは……というか、相変わらず比呂のついていけない彼女の発想の突飛さである。

その際に聞いたところ、美樹は初めから料理が得意だったわけではなく、たゆまぬ努力の賜物《たまもの》という話だった。その根気と研究心は今も発揮されていて、まだ二度目のフェラチオなので最初はぎこちなかった動きがみるみるうちに上達していく。

「んちゅ、んむっ……あっ、ここが特にいいようですね。では……ちゅっ、れろっ……」

どこを舐《な》めれば気持ちいいのか等のフェラチオのコツを比呂の表情を窺《うかが》うことで学ぼうとしている、咥えながらの美樹の上目遣《うわめづか》いが比呂の興奮をより高める。

咥えたまま顔を動かして刺激を与える時、タプン、タプンと揺れる胸が気になって比呂がそれに手を伸ばすと、美樹はパイズリの要求だと勘違いした。

「ふはぁ！　あの……比呂さま、もう少しお口でしてていいですか？　やっとコツが……」

「あっ、違うんだ。してもらいたいんじゃなくて、俺がしたいっていうか……揉《も》みたい」

比呂の直接的表現に、美樹の頬がポッと染まる。パイズリよりも胸を愛撫《あいぶ》される方に照れてしまうのだから、可愛《かわい》いというかなんというか。

ともかく比呂はベッドの端に腰を下ろして揉みやすいように距離を縮めると、美樹のメイド服の前を開け、相変わらずの見事な巨乳をその手中におさめた。しっとりとした感触と果てしなくめり込んでいくような柔らかさを兼ね備えた美樹の乳房に、改めて比呂は感動し、愛撫は最初から急ピッチだ。

「んくぅぅっ！　はぁ……ひ、比呂さま、少し強すぎますぅ」

「ご、ごめん、美樹ちゃん。痛かった？　つい夢中になっちゃって」

「いえ、強すぎるというのは痛いんじゃなくて……どちらかというと気持ちよすぎて……それで、比呂さまのオ○ンチンへのご奉仕に集中できなくなってしまうのが……」

ならば問題なしと、比呂は一時中止した愛撫を再開させ、今度は乳首も摘《つま》み出した。

美樹の心配も杞憂《きゆう》だったようだ。せり出した乳首を比呂の指で弾《はじ》かれるたびに、美樹は受けた快感をそのまま返すように、比呂のペニスへの吸いつきが激しくなった。

巨乳ならではの容易にできる技、コリコリになった乳首同士を比呂の手がこすり合わせると、美樹はその刺激にペニスを咥えながら、ブルッと体を痙攣《けいれん》させて軽くイッてしまう。

その様子が、今度は比呂を暴発させた。

待望の射精に、美樹は慌てて飲み込んでいく。まるで砂漠をさまよったあとの旅人が喉《のど》の渇《かわ》きを癒《いや》すように。

「んくっ、んくっ……はぁ～……そう、この味です。でも、前より少し濃いような……」

美樹が慎重に精液の味を吟味《ぎんみ》しているうちに、比呂のペニスはもう再充填《さいじゅうてん》を始めていた。

それに後押しされて、比呂は美樹に飛びついた。

あっという間に多少複雑な構造のメイド服を脱がした比呂へのご褒美《ほうび》、美樹の一糸纏わぬ姿がベッドの上に横たわる。本人はダイエットの必要ありと考えている美樹のほどよい肉付きの肢体《したい》は、なんともいえない天性の妖艶《ようえん》さを醸《かも》し出していた。

そして、比呂がつい注視してしまうのは、やはり美樹の股間《こかん》の中心部分だ。シーツに滴《したた》るほど、そこは愛蜜《あいみつ》で満たされていたのだから無理もない。比呂の視線を感じた美樹が慌てて隠そうと手を持っていくと、クチッと淫靡《いんび》な音が鳴り響いた。

「やだ、美樹ったら。比呂さま、これはですね……美樹、今までこんなには……」

「そうなんだ。じゃあ、異常がないか丹念に調べないと……」

そう見え見えの理由づけをして、比呂は美樹の秘所に顔を近づける。

小陰唇を指で優しく広げると、膣口《ちつこう》から新たに愛液が湧《わ》き出した。興奮の度合いを示すように全体的に鮮やかな赤で彩られた中、目立つのは包皮が半分ほど剥けかけ、ぷっくりと膨らんでいるクリトリスだ。

宝石の如《ごと》きその光沢に誘われて思わずペロッと舌で舐めると、比呂はもう止まらなかった。精液を飲み干した美樹に続いて今度はこちらが喉を潤《うる》おす番だと、比呂のクンニが始まる。同時に指でクリトリスの包皮を全て剥いて弄《いじ》り始めたのだから、されている美樹にとっては初めての経験、イコール初めての快感ばかりだった。

「ひゃあぁあん！　い、いけません、比呂さま……はうっ！　このままですと、私……あの時みたいに……くふぅ……あれから、美樹、おトイレ行くたびにちょっと怖《こわ》くて……」

以前、比呂に強制放尿させられ、同時に絶頂に達してしまった美樹は、尿意と快感に密接性を持たせてしまったのだろう。

「俺は平気だよ、美樹ちゃん。あの時、酷いことをしたお詫《わ》びとして、美樹ちゃんのオシッコを顔に浴びる破目《はめ》になっても」

「ダメですぅ！　美樹はちっとも平気じゃないですぅ！」

「気にしなくていいよ。大体、オシッコのたびにそんなこと気にしてたら、体が……もしかして、美樹ちゃん、週に一回程度だったオナニーも増えちゃったんじゃない？」

その指摘は正鵠《せいこく》を射ていたようで、美樹がトマトのようになった顔をパッと手で隠した。

凌辱の際は屈辱でしかない比呂の性的な揶揄《やゆ》も、愛がある場合、ストレートに刺激に結びつく。指と舌を駆使した比呂の秘所への愛撫とそれは相俟《あいま》って、美樹は何度もオーガズムに達し、しまいにはピュッと潮吹きまで披露してしまった。

「はぁはぁ……比呂さまぁ、美樹、体がフワフワしっぱなしで……もうダメですぅ……」

「そのぉ、美樹ちゃん……やっぱり、ここでやめておこうか？」

美樹が性奴隷として『組織』の者の誰かに処女を奪われてしまうのは忍びなかったが、楓たちにしたことを考えれば、自分も所詮そいつと同じなんだと比呂は感じていたのだ。

「だ、ダメです！　今はハネムーンの時じゃないし、比呂さまは美樹の旦那様でもないですけど……美樹は比呂さまが大好きですから！」

さらりと「大好き」と言えてしまう美樹が、比呂は眩《まぶ》しかった。

そして、それができない自分、今思えばさゆりにさえその言葉を言ってやれなかった自分が、比呂は悲しかった。それでも……それだからこそ、比呂は心を決めた。

「……分かったよ、美樹ちゃん。じゃあ、いくよ。なるべく、ゆっくりするからね」

そう口にした比呂が自分の股間の分身に愛液をまぶして準備していると、下になっている美樹が大きく腕を広げる。

「比呂さま、美樹の初めての人になってください」

比呂は「ありがとう」とだけなんとか口にすると、美樹の体を抱いてゆっくりと腰を押し進めていき……やがて、プツンと処女膜が破られた。

「ああっ……んんんっ！　比呂さまが美樹のなかでいっぱいに……ああああっ！」

美樹が破瓜《はか》の激痛と感激に目に涙を浮かべると、比呂も泣いていた。

処女喪失は単に一度目のことでしかないともいえるが、女の子にとってそれはやはり大切な瞬間であるのは否めない。楓、千砂、恵の三人の女の子たちにとってのその瞬間を踏みにじってしまったことに、自分の愚かさに、比呂は泣いていた。

「ふふっ、おかしいですよ、比呂さま。こういう時の嬉《うれ》し涙《なみだ》は女の子の特権なんですから」

比呂の心中を気遣ってそう告げた美樹に、比呂の彼女への愛《いと》しさは募《つの》る。

「ははは……ホント、変だよね、俺って。あっ、それより、美樹ちゃん、大丈夫？」

「大丈夫じゃありません。ちゃんと美樹を愛してください。美樹の中にある比呂さまのオ○ンチン、さっきから止まったままですよ」

「えっ、でも……痛いだろ、美樹ちゃん？　結構、血も出てるし」

「美樹は初めてですから、痛いのも出血も当然です。でも……美樹は比呂さまに愛されたってことをいっぱい刻み込んでほしいんです。それが痛みでも傷でも……」

美樹の切なる願いに、比呂は躊躇《ためら》いを捨てて腰の抜き差しを開始した。それも、激しく。

「はぁうっ！　比呂さまのが中でまた、大きく……比呂さま……比呂さまぁぁぁっ！」

腕を伸ばして、美樹は比呂にしがみつく。それに応えて、比呂も美樹に口づけを。

そして……美樹の「初めての精液はやっぱり……」という、これから彼女に待ちうけている性奴隷となる運命を考えると悲しい望みを聞き入れて、比呂は彼女のまだ狭い膣内に男の精を吐き出した。

「ひゃふぅぅぅっ！　んっ、はぁ、はぁ……あっ、今度は比呂さまが出してくれた、温かいもので美樹の中がいっぱいに……」

まるで胎児《たいじ》が宿っているかのように、美樹の手は子宮の辺りの下腹を優しく撫でる。

それが……比呂にとって最初で最後の、激しくも安らかな営みであった。

# 第六辱　比呂の章

「……美樹ちゃん、この島を出よう」

天然ボケで人に騙《だま》されやすい純朴《じゅんぼく》な、それでいて誰《だれ》よりも強い、美樹。

彼女に癒《いや》された比呂は、再び現実を生きる意思を取り戻した。

その第一歩となったのが、冒頭の言葉、贖罪《しょくざい》を兼ねたこの島からの脱出だった。

贖罪というからには、美樹だけを連れ出すのではない。

凌辱《りょうじょく》という最低の方法でその心も体も傷つけてしまった、三人の女の子、楓、千砂、恵も、比呂は黒田や『組織』から救い出すつもりだ。

「この島を出る？　アタシ、分かんないよ。あの優《やさ》しかった比呂くん……卑怯《ひきょう》な手を使ってアタシを無理やり犯した比呂くん……何が本当だっていうのよぉ！」

そう口にして混乱を見せる、どちらかといえば比呂の言葉に耳を貸そうとしない楓の説得は、一番彼女と仲のいい美樹に任せることにした。

その間に、比呂は次の相手、恵に接触する。

島を脱出する話は、全《すべ》て比呂がチェック済みである監視カメラのない場所で行うことにしている。この時も比呂は慎重には慎重を重ねて、誰かが近づいてきてもすぐ分かる砂浜に恵と二人きりになり、島からの脱出計画について明かした。

「……君に酷《ひど》いことをした俺《おれ》がどうしても許せないというなら、ここを脱け出したあとにどんな償いでもする。だから……」

最後に、比呂はそう言葉を添えるのも忘れない。

だが、全てを聞き終わった時の恵の返事は「私《わたし》、この島から逃げ出せない……」だった。

「なぜなんだ？　いいかい、杉本さん。弁解に聞こえるかもしれないけど、俺が君にあんなことをしたのは『仕事』だったんだ。この島は君のような女の子を凌辱するための……このままここにいたら、もっと悲惨な目に……」

「……知ってるの。私、そのことは」

意外なことを口にした恵は、自分の置かれた状況について説明する。

恵の父親が連帯保証人になっていた友人がある日突然失踪《しっそう》し、かなりの額の借金を彼女の一家が背負う破目《はめ》になった。結果として父親の経営していた会社は倒産し、母親も心労から病に倒れ……と、絵に描いたような不幸が恵に訪れていた。

「……そんな時に、借金の取り立てに来た人に言われたの。いい仕事があるからって。それを引き受ければ、お父さんの借金も半分になるって……」

「じゃあ、杉本さんは最初からこの島での仕事が観光モニターじゃないことを……」

「そうよ。知ってたの。まさか、鈴森くんが……とは思わなかったけど」

恵の話からすると、確かに彼女がこの島から逃げた場合、借金は減るどころか逆に取り立てが苛酷《かこく》なものになるだろう。

しかし、「だったら、仕方ないな」と今の比呂が諦《あきら》めるわけがない。

「ダメだ！　借金の問題だったら他にいくらだって手が……そうさ。自己破産とか」

「ウチのお父さんもそれは考えたわ。でも、そうすると自分以外にも迷惑をかける人が沢山出てしまうからって……」

「だからって、君のお父さんは娘を犠牲《ぎせい》にしてまで、そんな風に考える人なのか？　違うだろ？　杉本さん……君が犠牲になる理由なんて、どこにもないんだ！」

恵がハッと息を呑《の》んだ。決していい意味ではなく、悪い意味で。

「理由なら……いいえ、やっぱりダメ。私はこの島から逃げ出せないの……」

葛藤《かっとう》の狭間にいる恵に、比呂は唐突に語り始めた。

「覚えてるかな、杉本さん……俺に言ったよね。さゆりは俺のことを本当は好きじゃなかった。別れたがってたって……あの時は否定したけど、俺もそれは分かってたんだ」

「えっ……？　じゃあ、なぜ、鈴森くんは……」

「それでも、俺はよかったんだ。俺にとっては、さゆりの笑顔がそこにあるだけで。初めてだったんだよ。人をあんなに好きになったのは」

「そんなに好きなのに……どうして、さゆりさんに好かれていないって分かっても、平気で側にいられたの？　私だったら、きっと……」

まるで責め立てるように問いかける恵に向かって、比呂は苦笑を見せる。

「全然、平気じゃなかったよ。でも、今なら分かる。あいつが俺のことを好きか嫌いか関係なかったんだ。俺はあいつの側にいただけで、俺に欠けていた沢山のものをあいつに埋めてもらってたんだから」

「鈴森くん……」

「だから……今度は俺が誰かに何かをしてやる番だと思って……杉本さん、俺とこの島を出よう。もしどうしても残るって言うんなら、俺も残って君を守る」

「ずるいよ、鈴森くん……そんな危険なこと……好きな人にそんなこと、させるわけにいかないじゃない！」

恵のその言葉は、島からの脱出についての承諾を意味していた。

「ただし、これだけは言っておくわよ、鈴森くん」

強い口調と固い表情でそう言い出した恵に比呂が緊張を見せると、すぐに彼女は悪戯《いたずら》っぽい笑顔になった。

「前に、私と最初に会ったのはさゆりさんの紹介による学食で……とか言ってたけど、それって間違いよ。本当は入学時のオリエンテーション。私が校内で迷ってたのを鈴森くんが助けてくれたのが……あーっ、全然覚えてないって顔してる！」

「ごめん。本当に覚えてない。でも、急になんでそんなことを？」

「今、言っておかないと後悔するような気が……ううん、なんでもない」

人は不安や恐れを胸に抱えると、逆にはしゃいでそれを忘れようとする。

今の恵が、まさにそうであった……。

そして……楓、恵に続く三人目、千砂の説得が一番の難問だった。

黒田から祖父の正体を聞いたショックで、あれから千砂はろくに食事も摂《と》らず、自分の部屋に閉じこもっていたのだ。

比呂に限らず誰が部屋を訪ねてもドアさえ開けてもらえない状況で、こっそり島からの脱出について綴《つづ》った手紙を送っても、千砂からはナシのつぶてであった。

計画は内密に進める必要があったので、それ以上公《おおやけ》に動くことはできない。

しかし、比呂は千砂だけを置いて島を脱出しようとは微塵《みじん》も思っていなかった。

それでも、計画を実行する日は刻々と近づいてくる。

★　★　★

食糧等を運んでくるために、ある程度定期的に島には船が訪れる。

その日、島の船着場に着いた船の目的もそうであり、同時に比呂たちにとっては脱出決行の時でもあった。

同日を選んだのは、船着場に黒田たちが向かうため屋敷の監視が手薄になること、そして、船が来られるということは海もそれほど悪天候ではない、という理由だった。

脱出の鍵《かぎ》は、以前漂着した釣り人《つりびと》が乗っていたボートである。

比呂が発見して入り江に隠しておいたそれが、たった一つの脱出手段だ。

「あちらの船が出航した一時間後が勝負だ。船が向かう方向ももう一度確認しておいてくれ。そっちに本土がある。万が一の場合は三人で……いや、絶対みんなで脱出しよう」

そう告《つ》げて、ボートのある入り江へと先に美樹、楓、恵を向かわせた比呂は、屋敷に残っている千砂を連れ出すため一人別行動を取っていた。

（引きずってでも、千砂さんを……場合によっては、当て身を食らわせても……！）

しかし、部屋に閉じこもっていたはずの千砂の姿はそこになかった。

（しまった！　今日という決行日を教えておいたのが、逆に裏目に出たか）

急いで比呂は屋敷内にいるかもしれない千砂を捜し回る。そして……見つけた。

「えっ……？　あんたは黒田と一緒に船着場に行ったはずじゃ……それに、この血は！」

見つけたのは千砂ではない。居間の床に点々と血の跡が付着した先に倒れていたのは、麗華だったのだ。駆け寄った比呂の手が、べっとりと麗華の腹部から流れた血に染まる。

「麗華さん、しっかりしろ！　まさか、その傷は……千砂さんか？」

「ぼ、坊やかい……ナイフと銃の傷の区別がつかないとは……やっぱ、坊や、だね」

腹部に銃弾を受けて瀕死《ひんし》状態の麗華を、比呂はとりあえずソファーの上に寝かせた。

「じゃあ、一体、誰がこんなことを……あっ、いい。もう喋《しゃべ》らなくていいから」

「余計な気遣《きづか》いだよ。どうせ、もう……だから……せめて、アタシの話を……」

死期を悟った麗華は、自《みずか》らの秘密とこの島に来た真の目的について、比呂に語り出す。

秘密……それは、麗華と黒田が腹違いの兄妹だったことだ。

「えっ……？　兄妹って……でも、二人は以前黒田の部屋で……」

「数年前まで顔どころか、その存在すらアタシは知らなかった……まっ、アタシの方がいわゆる愛人の子だから……でも、黒田は……」

麗華は一度自分のことは置いといて、黒田の過去についての話題に……。

元々、暴力団の組長だった父親に子供の頃《ころ》から反発していた黒田は、ある事件がきっかけで同じ道を進むようになってからは尚更、父親への憎悪を増大させていった。

高まった憎悪の結果、黒田は病死と偽って父親を廃ビルの地下室に監禁した。

最低限の食糧と水以外、その地下室に運び込まれるのは、老若男女を問わない死体のみ。

やがて……黒田の父親は半ば気が狂い、ひたすら死体を犯し続け……ようやく地下室を出された時はそれまでの記憶を全て失っていた。

だから、彼には新たに名前がつけられた……『蘇我戒』と。

「そ、それって……あの蘇我のことなのか？　じゃあ、あいつは麗華さんと黒田の……」

「そう、父親よ……アタシは黒田に悟られないようワザと辛く当たってたけど……あいつは……心の底から父を奴隷のように扱って……そのことを愉《たの》しんで……」

水商売に携《たずさ》わりながら自分の父親のことを調べていた麗華は、偶然その事実を知った。

　そして、麗華は剣聖会に取り入ってこの島へ。その目的は、表面上は服従を誓いつつ、父親を廃人同然にした黒田に恨みを晴らすべくずっと機会を狙《ねら》っていたのだった。

　比呂たちの島からの脱出を察して、この日をその機会と見た麗華だったが、黒田の方が一枚上手《うわて》で、あえなく返り討ちに遭《あ》ってしまったのが事の顛末《てんまつ》だった。

「黒田を殺した罪をあんたに着せようと思ってたんだけどね……あいつはアタシの素性も目的も全て知っていた……アタシとのセックスも近親相姦《そうかん》と分かってて……ゴホッ！」

「もういいよ、麗華さん。もういいんだ」

「よくないって。あんたが発見したボートのことも黒田はとっくに……」

「えっ！　そんな……じゃあ、あれは黒田の罠《わな》で……」

「結局、あんたもアタシも全てあいつの掌《てのひら》の上で……早く行きなよっ！　今頃は黒田がボートのところに……！」

　麗華の叱咤《しった》を受けて、比呂は立ちあがった。そして、最期を看取ってやれないことに後ろ髪を引かれながら麗華に一礼すると、比呂は屋敷を飛び出していく。

（麗華さんも俺や千砂さんと同様に『復讐者《ふくしゅうしゃ》』だったなんて……！　ちくしょう、どうしてこんなことばかりが……！）

　無念や憤《いきどお》りを胸に宿した比呂が立ち去ったあとの居間。

　しばらくして、何か異変が起きているのを察して、蘇我がそこに姿を見せた。

今にも息絶えようとしている麗華をソファーの上に見つけた蘇我は、前後の経緯を何も考えずに狂喜して生き甲斐《い　がい》である死姦を実行しようとする。が、神は存在した。

蘇我の存在を認識していたかどうかは分からないが、麗華は最期に呟《つぶや》いた。

「お父さん……」と。

それを耳にした蘇我に束の間《つか　ま》、正気が戻った。その彼が目にしたのは、下半身を丸出しにして今まさに女の死体を犯そうとしている自分の姿だった。

「わしは……わしは……うぉおおおおおっ！」

雄叫《おたけ》びを上げながら、蘇我は自らの額をガンガンと床に叩《たた》きつける。何度も、何度も。

やがて……糸が切れた操り人形のように倒れた蘇我の体は、二度と動かなくなった。

★　　★　　★

同じ頃、比呂はようやくボートの隠してあった入り江に到着した。

そこでは美樹たち三人が黒田の持つ銃口に晒《さら》され、身動き取れずに立ち往生していた。

「ふん、ようやくご到着か。こいつらのナイト気取りの偽善者くんが」

そう言うやいなや、黒田は比呂に向かって引き金を引いた。

一発……二発……。黒田はワザと比呂の体に銃弾を掠《かす》らせるだけにとどめて、彼を誘導していく。自分に近寄れないように。そして、美樹たちの前に。

「ふっ……これで貴様が下手《へた》に避けると、女どもが危険になるという構図の完成だ」

「くっ……誰が逃げるか！　全てがお前の思い通りになると思うなよ、黒田！」

「ところが、なるんだな。そう、例えば、木下さゆりのレイプ事件だ。あれは俺のシナリオ通りに進んだ。最愛の者が自殺して絶望のどん底に落ちる、鈴森比呂という結末まで我ながら完璧《かんぺき》だった。貴様を例の『仕事』に引き込むという目的も含めて」

比呂は地面がグラリと揺れたような感覚に囚《とら》われた。この島に来てから何度か驚愕《きょうがく》という事態に陥り、つい先ほどは初めて銃に撃たれた人、麗華まで見たのだが、今回の衝撃はこれまでの比ではなかった。

「喜べよ、鈴森。貴様の恋人の仇《かたき》は取っておいてやったぞ。単純に性欲を暴走させるだけのあのクズども、茶パツとロン毛とスキンヘッドの三人、あいつらは全員処理済みだ」

比呂が明かしていない三人のレイプ犯たちの特徴を、黒田は正確に描写した。

つまり、黒田があの事件を仕組んだというのは真実なのだ。

「どうして、そんなことを……なんで、俺を例の『仕事』に引き込む必要が……！」

「その理由は貴様自身にある。貴様がコンクールとやらに入賞させた風景写真、あれを俺は見てしまった。あれがかつての俺の作品に似ていたのが悪いのだ。自然の美しさを薄っぺらになぞっただけの、あの写真が、な」

「たった、そんなことで……そんなつまらないことで、さゆりが……黒田ぁぁぁっ！」

「……さあ、謎解《なぞと》きのお喋りはこれくらいにしておこう。さらばだ、鈴森」

いきり立つ比呂の心臓に向けて、黒田の銃が狙いをつけた。

そして、銃声。少し遅れて、倒れる人影。

だが、銃弾に倒れたのは比呂の前に身を投げ出した……恵だった。

黒田が次に撃つ銃弾の危険も忘れ、恵に駆け寄った比呂はガックリと膝《ひざ》をつく。胸を撃ち抜かれてブラウスを鮮血に染め上げた、虫の息の恵を目にして。

「す、杉本さん！　なんで、こんな……なんで、俺なんて……」

「いいの……鈴森くん……だって、罪は償わないと……あの日……さゆりさんが乱暴された日……あなたたちのデートの行き先を教えたのは……私なんだから……」

そう、あの時点で既《すで》に父親の借金のせいで間接的に黒田の支配下にあった恵が、いわばさゆりを売ったのだった。命令を受けたからというだけではなく、その時の恵にはさゆりへの嫉妬《しっと》という動機もあったのだろう。

「だから……鈴森くんが私にしたことも……少しも恨んでは……あれは報いだと……だから、ずっと謝ろうと……鈴森くんにもさゆりさんにも……本当にごめんなさ……」

比呂に続いて駆け寄った美樹が言葉の途絶えた恵の脈を取って、首を振った。

無言で比呂は拳《こぶし》を地面に叩きつけた。

「嘘《うそ》……嘘よね……本当に死んじゃうなんて……いやぁあああっ！」

一歩も身動きが取れずに硬直していた楓が堪《たま》らず、そう叫《さけ》んだ。

三人三様のその姿に、黒田の嘲笑《ちょうしょう》が飛ぶ。

「くくく……やはり、こうなったか。予想通りだよ。凌辱した男と凌辱された女。双方が罪の意識を覚え合い……そして、女が男を庇《かば》って死ぬ。実に救われない光景だ」

比呂を殺そうとすれば恵が庇うのは、黒田の予想の範疇《はんちゅう》だった。だから、ワザと「お喋りはこれくらいに……」などと定番の台詞《せりふ》を口にしてこの状況をつくったのだった。

どうして黒田がここまで歪《ゆが》んだ精神を持つに至ってしまったのかは、カメラマン時代に海外で巻き込まれた某国の内乱に原因があった。

辛くも生き延びていく過程で人間の醜《みにく》さを目の当たりにした黒田は、カメラでの撮影、ただ『目の前の世界から事実を切り取る』のを嫌悪し、『自ら世界をつくる』べく、謀略という行為に美意識を感じるようになった。

そして、忌《い》み嫌っていた父親の職業を継《つ》いだ黒田が最初に手を染めた謀略は、その父親を『蘇我戒』にすることだった……。

のちに、そのことを比呂は知る。

その時の比呂の感想はたった一言、「くだらない……」であった。

そして今……改めて黒田の銃口が比呂に向けられる。

「さて、今度は本当に貴様の番だ、鈴森。いや、違うかな。まだ女は二人いるのだから、あと二回は庇ってもらえるかもしれない」

「ふざけるな、黒田！　狙うなら、ちゃんと俺を狙えっ！」

「まあ、そう焦ることはないだろ。最後にいいことを教えてやろう。この島の真の目的は凌辱される女の方にではなく、凌辱する男の方にある。さまざまな葛藤を経た末、それでも女を凌辱し続けた者を『組織』の一員にするために、な」

常々、この島での凌辱劇の裏には何かあると睨《にら》んでいた比呂の勘は正しかった。ゆえに、今の黒田の説明にあった誤りにも比呂は気づくことができた。

「黒田、『組織』の一員は一員でも、それは手足、下っ端にすぎないんだろ。『組織』の中心メンバーたち、そういう権力を持っている奴《やつ》らほど世襲や血筋に拘《こだわ》るはずだからな。お前ならそれがよく分かるんじゃないか。なっ、剣聖会の黒田剣治さん」

蘇我戒にされていた父親との確執、最も触れられたくない部分に触れられ、黒田の表情が不快そうに歪んだ。

「くっ……その『組織』の手駒《てごま》でしかない者にすら、貴様はなれない。不合格だ。鈴森、以前に俺は言ったよな。『失敗は貴様の命で償ってもらう』と。今がその時だ」

黒田が引き金に指をかけ、それを引いた。が、銃はカチリと音を立てただけだ。

「ん？　弾の数は計算していたはずだが……チッ、そうか。麗華に一発食らわせたぶん、それを失念していたな」

黒田は少しも慌てず、余裕たっぷりに、銃に弾を装填《そうてん》し始める。

比呂と黒田の距離がその隙《すき》に飛びかかるのには遠すぎると分かってのことだ。

比呂も同じ判断だったが、構わず黒田めがけて走り出す。

黒田の銃の扱いVS比呂のダッシュ力。勝ったのは、やはり前者だ。

比呂の額に向けて黒田の銃が火を噴き……。

ダァァァン！　虚空に響き渡る銃声と同じに、銃弾も空に向かって放たれた。

比呂にとって絶望的状況のその時、背後から忍び寄っていた千砂が黒田を襲撃したのだ。

千砂の手にしたナイフが黒田の首の動脈を切り裂く。血飛沫《ちしぶき》を舞い上げながら振り返った黒田が最後の力で引き金を引き、銃弾が千砂の腹部を貫通する。

全ては一瞬で始まり、一瞬で終わった。

「んぐぅぅぅっ！　麗華が……余計なことを……していなければ……やはり……最も警戒すべきは……身内、か……」

それが、黒田の最期の言葉だった。

その黒田にぶちかますはずだった比呂の拳が開かれ、代わりにその手は崩れ落ちていく千砂の体を支えた。

「千砂さん！　しっかりしてくれ！　ダメだ、君までこんな……」

千砂の腹部からドクドクと流出する大量の血は、一つの事実を示唆《しさ》していた。

対照的に血の気が徐々に引いていく、千砂の顔色もまた……。

「いいの……沢山の女性たちを酷い目に遭わせた男の孫には……こんな末路が……」

「違う！　祖父の罪は祖父の罪だ！　俺の方がよっぽど……」

「ダメよ……あなたにはこれを託すんだから……」

千砂は麻痺《まひ》し始めている手で、数枚のディスクと屋敷のマスターキーを比呂に差し出す。

「ディスクには黒田が握っていた『組織』のデータが全て……前に話したマスターキーの切り札についても……その中に私が詳細を記しておいたから……」

「いや、俺はこんなもの、受け取らないぞ。『組織』に復讐するなら、一緒にやろう。俺と千砂さんが手を組めば天下無敵さ。そう、千砂さんの頭脳と行動力に俺のしぶとさが加われば……だから……だから……」

千砂は最後の力を振り絞って、顔に笑みをつくった。最高の笑顔だった。

「あなたに聞いて……ほしいことが……私の本当の……名前は……秋川……ち……」

そこで千砂の言葉は途切れた。永遠に。

比呂、美樹、楓……三人に静寂が満ちる。

号泣も怒号も絶叫もない。

まるで、近くに横たわった三つの遺体と同じで、生きていないかのように。

その静けさを破ったのは、このタイミングを狙って姿を現した鷺沢だった。

「これは参ったなぁ。キャリア組の私は、こういう凄惨《せいさん》な現場はどうも苦手でしてね」

鷺沢の登場に緊張を見せる楓と美樹とは違い、これまでの彼との会話でその真意をおぼろげながらも掴《つか》んでいた比呂は静かに告げた。

「……鷺沢さん、あとの処理は任せます」

「おいおい、任せますと言われても……それこそ、本当に参ってしまいますよ。大体、僕がどういう立場の者かは鈴森くんだって分かっているはずです」

「でも、あなたは剣聖会や『組織』の人間じゃない。手を貸すことはあっても、それは利があるからしていること。警察の人間という意識は捨てていないはずだ」

鷺沢は一瞬だけ真顔になり、すぐにまた、いつもの笑顔に戻した。

「つまり……あなたたちをここで見逃すことで、僕に利があるとでも？」

比呂はその問いに首肯《しゅこう》することなく、ただ無言で鷺沢を見つめる。

「ふっ……ホント、惜しい人材ですよ、あなたという人は」

そう比呂に告げると、鷺沢は船着場へと向かう。比呂が頼んだ通り、まだ出航していない船にいる剣聖会の構成員相手に事後処理をしてくれるのだろう。

「……行こう、楓ちゃん、美樹ちゃん。今はそうするしかない。この島を出るしか」

供養もしてやれない恵と千砂の亡骸《なきがら》への未練を振りきって、比呂は二人を促した。

そして、比呂たちはボートに乗り込み、岸を離れる。ところが……。

「う～ん……やっぱりこのボロボロの船に三名は、定員オーバーですね」

いきなりそんなことを口にすると、美樹はボートから岸へ飛び降りてしまった。

「なっ……！　何、するんだ、美樹ちゃん！　定員オーバーなんてことは全然……第一、降りてどうするんだ。脱出手段はこの船しかないんだぞ」

「そうよ。美樹ちゃんだけ置いていけるわけないじゃない。早く乗って！」

慌ててボートを再び岸へ戻そうとする比呂と楓に向かって、美樹は首を横に振った。

「最初から決めていたんです。だって、凌辱……でしたよね？　その対象になる女の子が一人も島にいなかったら、あの鷺沢さんをしても誤魔化《ごまか》しきれないだろうし。何よりも、美樹が姿を消しちゃったら、広樹の身に何があるか分かりませんから」

広樹の件は確かにそうだろうが、美樹が比呂と楓のために自分一人、犠牲になろうとしているのは明らかだ。

「だったら、俺も残る。美樹ちゃんに何かあったら、それこそ俺は……」

「ダメですってば、比呂さま。何かあるとしたら、楓ちゃんの方ですよ。まさか、比呂さまはこの大海原を楓ちゃん一人で横断させるつもりじゃないですよね」

楓がすまなそうに、岸の美樹と横にいる比呂を交互に見つめる。

美樹の完璧な理論武装、それを導いた、常に他人を案じる彼女の心の強さに、比呂はもう何も言えず、ボートを沖へと向け始める。

比呂も楓も、ブンブンと元気よく手を振りながら見送ってくる美樹の姿をまともに見ることはできなかった。

やがて、その姿も見えなくなり、今度は島の全景が。

そして……一面が水平線だけになった頃、風が激しく吹き荒れ、荒波に揉《も》まれる小さなボートは沈没の危機を迎えていた。

「くっ……やっぱりこんな船じゃ無理だったのか……杉本さん……千砂さん……そして、さゆり……みんな、死んでしまった。もうじき俺たちも……」

必死に舵《かじ》を操りながらもそう弱音を吐く比呂に、楓が叱咤激励を浴びせる。

「何、言ってんのよ！　あんた、アタシに言ったじゃない。『死んだらおしまいだ』って。第一、あんたはアタシが大切に守ってきたバージンを奪った責任、まだ取ってないのよ！」

「責任……そうか……そうだよな。楓ちゃん、参考に聞くが、俺はどうやって責任を取ればいいのかな？」

「そうねぇ……とりあえず、アタシの両親に会ってくれるかな。ほらっ、アタシ、パパとママに謝らないといけないでしょ？　だから、あんたにはその言い訳になってもらうの」

「楓ちゃんの両親に会う、か。それもいいな」

楓は比呂のその返事が嘘だと分かっていた。

なぜなら、「責任……」と呟いた時、比呂は懐に大事に入れているもの、千砂から託されたディスクとマスターキーにそっと手で触れたのだから。

「俺が言い訳になるの？　どちらかというと、楓ちゃんの両親の怒りを受ける防波堤役って気もするけど」

「ゲッ、バレたか。ちなみに、ウチのパパ、柔道五段だから」

波飛沫を激しく浴びながらも、二人の顔は笑っていた。

命を落とした者、自らを犠牲にした者。彼女たちのためにも、比呂と楓はそうしなければならなかった。

# エピローグ

そこは、趣味の悪い色の照明が灯《とも》った、秘密クラブ風の薄暗い部屋。

中央に大きく穴の開いた円形のテーブルには、学者風、経営者風、代議士風と、それぞれタイプは異なるが、身なりからすると社会的に立場の高そうな中高年の男たちが席についていた。

一同に共通しているのは、ギラギラと脂《あぶら》ぎった好色な目つきと、品性を拭《ぬぐ》い去った醜《みにく》い表情だった。

「……今日の品評会は盛り上がりますなぁ。人数もいつもの倍だ」

「何しろ、本日出品されるのはあの『組織』も興味を示した品物という触れ込み。こいつを見逃すわけには」

「頭が変わっても、さすがは剣聖会といったところですかな」

品評会というからには品物があるわけで、それはテーブルの中央に現れた。

どこかで見たメイド服、ただし下着なしで乳房と秘所が丸見えになっているバージョンに身を包んでいる女の子……美樹がその品物だった。

「……では、まずデモンストレーションからだ。美樹、始めろ」

脇《わき》に控えた黒スーツの男、進行役らしきその者の命令で、美樹は前口上を披露する。

「はい。今から、美樹はこんなに大勢の男の人の前で、恥ずかしげもなくオナニーをさせていただきます。どうぞ、ご覧ください」

そして、オナニーが始まる。

美樹の両手がたっぷりとした乳房に伸び、左右の膨らみをスライドさせるように揉《も》みあげる。親指と人差し指で摘《つま》まれた瞬間、すぐに乳首が一回り大きさを増してピンと固くなった。その片方は口へと運ばれ、美樹は美味《おい》しそうに自分の勃起《ぼっき》した乳首を舐《な》める。

そのおかげで、空いた片手を登場時から光沢を見せていた秘所に回すことができた。

まずは指でヴァギナを全開させ、その膣内《ちつない》を一同に見せつける。その視姦《しかん》される刺激だけで愛液を溢《あふ》れさせる穴にいきなり指が二本挿入《そうにゅう》された。中を掻《か》き回す淫靡《いんび》な水音が、切なげな喘《あえ》ぎ声との絶妙なデュエットを開始した。

こうなると、周囲の男たちも黙っていられない。

淫靡なリクエストが飛び交う。『自分のジュースを舐めろ』『ケツの穴も可愛《かわい》がってやれ』『クリトリスを指で握り潰《つぶ》せ』等、それがどんな恥辱的なものでも、美樹は従った。

「美樹は……美樹はオ○ンチン大好きなんですぅ！　お口にもオ○ンコにもお尻《しり》にだって欲しいのぉ……どの穴でも、オシッコ洩《も》らしちゃうくらい気持ちいいんですぅ！」

求められれば、淫語も平気で口にした。

だが……こんな状況でも、美樹はまだ希望を捨てていない。

（広樹に会うまでは、絶対に負けない……そして、あの人にも……）

美樹は今、演技や偽りで感じたフリをしているわけではない。確実に体は性の悦《よろこ》びを受け入れるよう開発されてしまっている。それでも、美樹の心は自由だった。ただ快楽のみに溺《おぼ》れることもそこに逃げ込むこともせず、性の奴隷になることはなかった。

「……もう見ているだけじゃ我慢できん。ワシの真珠入りで品評してやる！」

一人の男によるその魂の叫《さけ》びを皮切りに、次々と男たちはテーブルを乗り越え、美樹の体に殺到した。穴という穴への挿入は勿論《もちろん》、手にも胸にも太腿《ふともも》にも、男たちの肉棒が握られ、挟まれ、こすりつけられ、美樹の体を埋め尽くした。

そして、美樹が「イッちゃいますぅ！」と甲高《かんだか》い嬌声《きょうせい》を上げたのを合図に、一斉《いっせい》に射精が行われて完成した。美樹の体を土台とし、精液がホイップクリームの代わりとなった、淫猥《いんわい》なデコレーションケーキが。

「では、このあとはマンツーマンによる品評を……」

ひとまず熱狂がおさまり、進行役の男がそう仕切ろうとした時だった。

その部屋に制服姿の者たちが踏み込み、警察の手入れがあったのは。

★　★　★

父親と母親と娘による三人家族が揃《そろ》って朝食を摂《と》る食卓に、秋晴れの心地好い日差しが窓から射《さ》し込む。

隣のリビングルームに置かれたテレビのニュースでは、暴力団、剣聖会に対して警察の一斉検挙が行われた旨《むね》が報道されている。

その映像を横目で見ながら、カリカリに焼かれたトーストをパクッと口にしたのは……普段の生活に戻った楓だった。

「モグモグ……ママ、それとついでにパパ。あのさぁ、アタシが男の人にフラれちゃったこと、話したっけ？」

娘の唐突な発言に、父親は「初耳だぞ」と慌てふためき、母親は「そういうのを繰り返して、女は磨《みが》かれていくのよ」と平然と答える。平凡《へいぼん》だが、実に幸せな風景である。

「彼氏ができたら、絶対紹介するからね。じゃあ、行ってきま～す」

そう言って、楓は元気に登校していく。

ふと、あの島で受けた心の傷が甦《よみがえ》ることもあった。

ほんの些細《ささい》なきっかけで、また、両親と喧嘩《けんか》してしまうこともあった。

だが、楓はただ嫌なことから目を逸《そ》らして誤魔化《ごまか》すことだけはしないと心に誓っていた。

お兄さんのようだった彼に誓っていた。

★　★　★

ここは、家賃が安いだけが取り柄のアパートの一室。

「フンフ～ン♪　さーて、そろそろ夕食の準備をしなきゃ」

鼻歌混じりの独り言を台所で呟《つぶや》いたのは……美樹だった。

警察の手で性奴隷という境遇から救われたのち、美樹はバイトをしながら弟の広樹とこのアパートで一緒に生活していた。

その日の夕食のメニューを頭の中で美樹があれこれと考えていると、部屋のドアがコン、コンとノックされた。

「は〜い。ウチは貧乏ですから、訪問販売なら話しか聞きませんよ〜」

訪れてきたのは、先の剣聖会の一斉検挙を裏で仕切った人物、鷺沢である。

「やあ、どうも、どうも。その後、体の調子は如何《いかが》です？」

「あっ、鷺沢さん！　その節はいろいろと……あっ、今、謙遜《けんそん》じゃない粗茶《そちゃ》でも……」

「いえいえ、結構ですよ。ちょっと顔を見に来ただけですから」

鷺沢のその言葉は額面通りには受け取れない。彼が今日ここに来た目的は、比呂から美樹に何か連絡がなかったか尋ねること、ズバリいうと、比呂の動向を探るためだった。

実のところ、先日の剣聖会の検挙は比呂が千砂から託されたデータのおかげだったのだ。あの島からの脱出に協力してくれた見返りだったわけだが、肝心の『組織』に関する部分は、比呂も鷺沢に渡していない。

「……そうですか。相変わらず、鈴森くんからは何も……あっ、『組織』の方でしたら、当分はあなた方に危害を及ぼすようなことはないでしょうから、ご安心を。では、これで」

そう告《つ》げると、鷺沢は美樹の部屋をあとにした。

（まあ、『組織』にはまだ利用価値はありますから、今は焦って情報を手に入れる必要はありませんね。問題は鈴森くん、彼ですが……まさか、本気で『組織』を一人で潰そうと考えるほど愚《おろ》かでは……いやいや、そういう損得勘定のできない男でしたね、彼は）

鷺沢が、比呂にとって敵なのか味方なのかはいまだ不明だ。

どちらかと突き詰めれば、敵になる可能性の方が高い、といったところだろうか。

★　★　★

鷺沢が去ったのと入れ違いに、美樹の部屋には広樹が学校から帰ってきた。

「腹減ったー。お姉ちゃん、ただいまー」

「こらこら、先に『ただいま』の方でしょ」

弟との何気ない会話に、美樹は幸せを感じる。

そして、その幸せをもっと大きくしたいという夢もあった。

夕食の支度をしながら、美樹は広樹にささやかなその夢を語る。

「……お姉ちゃんね、いつか小さくてもいいから、庭のあるお家《うち》に住みたいんだ」

「庭のある家かぁ。ウチの経済事情を考えると、借家だとしても、すっげぇ田舎だよ」

「あのね、広樹。そういう話じゃなくて……屋根は赤がいいかなぁ、とか。やっぱりペットも欲しいなぁ、とかって話なの！　そこにはね、お姉ちゃんと広樹と、そして……」

人が思い描く夢には二種類のものがある。

たまにぼんやりと頭に浮かべる、叶《かな》ったらいいなぁと思うくらいの、夢。

心のどこかにいつも存在していて、毎日一歩ずつでもいいから近づいていく、夢。

美樹が描くのは勿論、後者の方の夢だった……。

★　★　★

そして……比呂は一人で『組織』相手に孤独な闘《たたか》いを続けていた。

千砂の遺志を継《つ》いで……最初はそれが理由だったが、今は少し違う。

この闘いを成し遂げないと何も始まらないように、比呂は感じていた。

比呂が『組織』に対抗する武器は、二つある。

一つは、千砂が手に入れた『組織』のデータ。

もう一つは、千砂の祖父が残した、証券や不動産等の隠し財産である。

千砂から託されたあの島のマスターキー、そのホルダー部分には銀行の貸し金庫の鍵《かぎ》が巧妙に隠されていた。それがつまり千砂の言っていた『切り札』だったのだ。

財産の一部を現金に換えて、比呂は恵の家に借金の額だけ送った。

恵の消息についてはその両親に一切知らせていない。このまま行方不明としておいた方がいいと、比呂は考えていた。恵の両親が『組織』と接触してしまう危険性を考慮して。

(そろそろ、指定した時間か……)

その日、比呂はホテルのラウンジでターゲットを待っていた。

ターゲットとは、データをエサに呼び出した『組織』の幹部の一人だ。

（一人で来るように指定したが、案の定、周りは固めている、か）

運よくこれまでに幾人か『組織』の幹部を始末することに成功していたが、比呂も無傷というわけにはいかず、まだ以前に受けた傷が癒《い》えていない状態だ。

（俺《おれ》はさゆりが死んだ時、全《すべ》てがおしまいだと感じた……でも、おしまいじゃなかった）

呼吸を整えると、比呂はターゲットの座る席にゆっくりと近づいていく。

（いや、おしまいじゃないと思うことを、俺はあの子から教えてもらった。だから、今度だって……今度だって、きっとそうなんだ）

復讐《ふくしゅう》という名の、比呂の無謀な闘いはもうじき終わる……。

END

# あとがき

どうも、肺炎の原因って煙草より車の排気ガスだろーが、と健康増進法なる名称からして胡散臭い法律を憎む、高橋恒星です。

本書、『かこい』は、いわゆる凌辱物です。

筆者が凌辱物を手懸ける場合、その主人公の造形は概ね二つのタイプに属していました。

一つは、凌辱の対象となる女性に対して、復讐等の個人的な情念を動機として狂気に走るタイプの主人公。

もう一つは、社会的道徳や倫理を屁とも思わない超・人間で、凌辱のプロフェッショナルの如き、ピカレスクなタイプの主人公。

しかし、今回は原作ゲームの設定の関係もあり、どちらにも属さないタイプの主人公となりました。まあ、具体的には本文を読んでもらえば分かるとは思いますが、一つ記すと少々変化球という気もします。

三つのタイプにおいて共通しているのは、全て破滅の匂いを漂わせている、といったところでしょうか。凌辱とは、どう取り繕ってもやはり悪なのですから。

では、読者の皆様とは、珍しく既に決定している次回作でお会いしましょう。

二〇〇三年　九月　　高橋恒星

# かこい 絶望の処女監獄島

2003年10月25日 初版第1刷発行

著　者　高橋 恒星
原　作　ERROR
原　画　渡瀬 薫

発行人　久保田 裕
発行所　株式会社パラダイム
〒166-0011東京都杉並区梅里2-40-19
ワールドビル202
TEL03-5306-6921 FAX03-5306-6923

装　丁　妹尾 みのり
印　刷　株式会社秀英

乱丁・落丁はお取り替えいたします。
定価はカバーに表示してあります。

# 既刊ラインナップ

定価 各860円+税

1 悪夢～青い果実の散花～
2 脅迫
3 痕～きずあと～
4 慾～むさぼり～
5 黒の断章
6 淫従の堕天使
7 Esの方程式
8 歪み
9 悪夢 第二章
10 瑠璃色の雪
11 官能教習
12 復讐
13 淫Days
14 お兄ちゃんへ
15 緊縛の館
16 密猟区
17 淫内感染
18 月光獣
19 告白
20 Xchange
21 虜2
22 飼
23 迷子の気持ち
24 ナチュラル～身も心も～
25 放課後はフィアンセ
26 骸～メスを狙う顎～
27 朧月都市
28 Shift!
29 いまじねぃしょんLOVE
30 ナチュラル～アナザーストーリー～
31 キミにSteady
32 ディヴァイデッド
33 紅い瞳のセラフ
34 MIND
35 錬金術の娘
36 凌辱～好きですか？～

37 My dearアレながおじさん
38 狂＊師～ねらわれた制服～
39 UP!
40 魔薬
41 臨界点
42 絶望～青い果実の散花～
43 美しき獲物たちの学園 明日菜編
44 淫内感染 ～真夜中のナースコール～
45 My Girl
46 面会謝絶
47 偽善
48 美しき獲物たちの学園 由利香編
49 せ・ん・せ・い
50 sonnet～心かさねて～
51 リトルMyメイド
52 flowers～ココロノハナ～
53 サナトリウム
54 はるあきふゆにないじかん
55 プレシャスLOVE
56 ときめきCheck in!
57 散櫻～禁断の血族～
58 Kanon～雪の少女～
59 セデュース～誘惑～
60 RISE
61 虚像庭園～少女の散る場所～
62 終末の過ごし方
63 略奪～緊縛の館 完結編～
64 Touch me～恋のおくすり～
65 淫内感染2
66 加奈～いもうと～
67 PILE・DRIVER
68 Lipstick Adv.EX
69 Fresh!
70 脅迫～終わらない明日～
71 うつせみ

72 Xchange2
73 M.E.M.～汚された純潔～
74 Fu・shi・da・ra
75 絶望～第二章～
76 Kanon～笑顔の向こう側に～
77 ツグナヒ
78 ねがい
79 アルバムの中の微笑み
80 ハーレムレーサー
81 絶望～第三章～
82 淫内感染2 ～鳴り止まぬナースコール～
83 螺旋回廊
84 Kanon～少女の檻～
85 夜勤病棟
86 使用済～CONDOM～
87 真・瑠璃色の雪 ～ふりむけば隣に～
88 Treating 2U
89 尽くしてあげちゃう
90 Kanon～the fox and the grapes～
91 もう好きにしてください
92 同心～三姉妹のエチュード～
93 あめいろの季節
94 Kanon～日溜まりの街～
95 贖罪の教室
96 ナチュラル2 DUO 兄さまのそばに
97 帝都のユリ
98 Aries
99 LoveMate～恋のリハーサル～
100 恋ごころ
101 プリンセスメモリー
102 ぺろぺろCandy2 Lovely Angels
103 夜勤病棟 ～堕天使たちの集中治療～

104 尽くしてあげちゃう2
105 悪戯Ⅲ
106 使用中～W.C.～
107 せ・ん・せ・い2
108 ナチュラル2 DUO お兄ちゃんとの絆
109 特別授業
110 Bible Black
111 星空ぷらねっと
112 銀色
113 奴隷市場
114 淫内感染 ～午前3時の手術室～
115 懲らしめ 狂育的指導
116 傀儡の教室
117 インファンタリア
118 夜勤病棟 ～特別盤 裏カルテ閲覧～
119 姉妹妻
120 ナチュラルZero＋
121 看護しちゃうぞ
122 みずいろ
123 椿色のプリジオーネ
124 恋愛CHU! 彼女の秘密はオトコのコ？
125 エッチなバニーさんは嫌い？
126 もみじ「ワタシ…人形じゃありません…」
127 注射器2
128 恋愛CHU! ヒミツの恋愛しませんか？
129 悪戯王
130 水夏 ～SUIKA～
131 ランジェリーズ
132 贖罪の教室BADEND
133 -スガタ-
134 Chain失われた足跡
135 君が望む永遠 上巻
136 学園～恥辱の図式～

最新情報はホームページで！　http://www.parabook.co.jp

137 蒐集者 コレクター 原作：ミンク 著：雑賀匡
138 とってもフェロモン 原作：トラヴュランス 著：村上早紀
139 SPOT LIGHT 原作：ブルーゲイル 著：日輪哲也
140 Princess Knights上巻 原作：ミンク 著：前薗はるか
141 君が望む永遠 下巻 原作：アージュ 著：清水マリコ
142 家族計画 原作：ディーオー 著：前薗はるか
143 魔女狩りの夜に 原作：アイル[チーム・Riva] 著：南雲恵介
144 憑き 原作：ジックス 著：布施はるか
145 螺旋回廊2 原作：ruf 著：日輪哲也
146 月陽炎 原作：すたじおみりす 著：雑賀匡
147 このはちゃれんじ！ 原作：ルージュ 著：三田村半月
148 奴隷市場ルネッサンス 原作：ruf 著：菅沼恭司
149 新体操（仮） 原作：ぱんだはうす 著：雑賀匡
150 Piaキャロットへようこそ!!3 上巻 原作：エフアンドシー 著：ましらあさみ
151 new～メイドさんの学校～ 原作：SUCCUBUS 著：七海友香
152 はじめてのおるすばん 原作：ZERO 著：南雲恵介
153 Beside～幸せはかたわらに～ 原作：F&C・FC03 著：村上早紀
154 Only you 上巻 原作：アリスソフト 著：高橋恒星
155 性裁 白濁の禊 原作：ブルーゲイル 著：谷口東吾

156 Milkyway 原作：Witch 著：島津出水
157 Sacrifice ～制服狩り～ 原作：Rateblack 著：布施はるか
158 Piaキャロットへようこそ!!3 中巻 原作：エフアンドシー 著：ましらあさみ
159 忘レナ草 Forget-me-Not 原作：ユニゾンシフト 著：雑賀匡
160 Silvern ～銀の月、迷いの森～ 原作：g-clef 著：布施はるか
161 エルフィーナ～淫夜の王宮編～ 原作：アイル[チーム・Riva] 著：清水マリコ
162 Princess Knights下巻 原作：ミンク 著：前薗はるか
163 Realize Me 原作：ミンク 著：高橋恒星
164 Only you 下巻 原作：アリスソフト 著：高橋恒星
165 水月 —すいげつ— 原作：F&C・FC01 著：三田村半月
166 はじめてのおいしゃさん 原作：ZERO 著：三田村半月
167 ひまわりの咲くまち 原作：フェアリーテール 著：村上早紀
168 Piaキャロットへようこそ!!3 下巻 原作：エフアンドシー 著：ましらあさみ
169 新体操（仮） 淫装のレオタード 原作：ぱんだはうす 著：雑賀匡
170 D.C.～ダ・カーポ～ 朝倉音夢編 原作：サーカス 著：雑賀匡
171 エルフィーナ～奉仕国家編～ 原作：アイル[チーム・Riva] 著：清水マリコ
173 はじらひ 原作：ブルーゲイル 著：星野杏実
174 いもうとブルマ 原作：萌。 著：谷口東吾
175 DEVOTE2 いけない放課後 原作：13cm 著：布施はるか

176 特別授業2 原作：BISHOP 著：深町薫
177 超昂天使エスカレイヤー 上巻 原作：アリスソフト 著：雑賀匡
178 D.C.～ダ・カーポ～ 白河ことり編 原作：サーカス 著：雑賀匡
179 いたずら姫 原作：フェアリーテール 著：高橋恒星
180 SNOW～儚雪～雪月澄乃編 原作：スタジオメビウス 著：三田村半月
181 あいかぎ 彩音編 原作：F&C・FC02 著：村上早紀
182 てのひらを、たいように 上巻 原作：Clear 著：島津出水
183 裏番組～新人女子アナ欲情生中継～ 原作：13cm 著：三田村半月
184 SEXFRIEND～セックスフレンド～ 原作：CODEPINK 著：布施はるか
185 超昂天使エスカレイヤー 中巻 原作：アリスソフト 著：雑賀匡
186 D.C.～ダ・カーポ～ 芳乃さくら編 原作：サーカス 著：雑賀匡
188 SNOW2～小さき祈り～日和川旭編 原作：スタジオメビウス 著：三田村半月
189 カラフルキッス 12コの胸キュン！ 原作：戯画 著：岡田留奈
190 あいかぎ 千香編 原作：F&C・FC02 著：村上早紀
191 超昂天使エスカレイヤー 下巻 原作：アリスソフト 著：雑賀匡
192 てのひらを、たいように 下巻 原作：Clear 著：島津出水
193 復讐の女神 Nemesis 原作：ぱれっと 著：前薗はるか
194 満淫電車 原作：BISHOP 著：南雲恵介
196 SNOW3～古の夕焼け～過去編 原作：スタジオメビウス 著：三田村半月

195 催眠学園 原作：BLACKRAINBOW 著：布施はるか
197 懲らしめ2 狂育的デパガ指導 原作：ブルーゲイル 著：雑賀匡
198 うちの妹のばあい 原作：イージーオー 著：有沢黎
199 かこい～絶望の処女監獄島～ 原作：ERROR 著：高橋恒星
201 恋する妹はせつなくてお兄ちゃんを想うとすぐHしちゃうの 原作：CAGE 著：武藤礼恵
202 すくみず 真帆・梨香編 原作：サーカス 著：黒瀧糸由

好評発売中！

# 〈パラダイムノベルス新刊予定〉

☆話題の作品がぞくぞく登場！

## 203.魔女っ娘 ア・ラ・モード

F&C・FC01　原作
島津出水　著

　ひとと精霊が共存するミント王国。そこにある『トゥインクルアカデミー』では、今日もかわいい女の子たちが魔法の修行中！　二人一組で行われる期末試験のパートナーはどのコに？

## 204.SNOW～記憶の棘～

スタジオメビウス　原作
三田村半月　著

　雪山で道に迷い、困っていた彼方を助けたのは、しぐれと名乗る少女だった。人目を避けるように山中にひとりで暮らしている彼女に、彼方はしだいに心惹かれていく。だが、しぐれには深い心の傷があって…。

## 202. すくみず 媛・鈴枝編

サーカス　原作
黒瀧糸由　著

美少女ばかりの水泳同好会で、幸せいっぱいの香奈太。だが彼をめぐる女二人の激しい戦いが勃発する！　元気でわがままな媛と、クールだがエッチは濃厚な鈴枝。二人からの誘惑にすくみずフェチの香奈太は…!?

## 172. 今宵も召しませ♥アリステイル

RUNE　原作
岡田留奈　著

庄司拓馬はテキトーにバイトして一人暮らしをしている大学生だ。ある日彼のもとへ、海外赴任中の親から怪しげなトランクが届く。中に入っていたのはなんと吸血鬼の少女だった！